光文社文庫

天鳴地動

アルスラーン戦記⑭

田中芳樹（よしき）

光　文　社

目次

主要登場人物

アルスラーン……パルス王国の若き国王（シャーオ）
ダリューン……パルスの武将。黒衣の雄将として知られる
ナルサス……パルスの宮廷画家にして軍師
ギーヴ……あるときはパルスの巡検使（アムル）、あるときは旅の楽士
ファランギース……パルスの女神官（カーヒーナ）にして巡検使（アムル）
エラム……パルスの侍衛長（ケシュタク）。アルスラーンの近臣
クバード……パルスの武将。隻眼（せきがん）の偉丈夫（いじょうふ）
トゥース……パルスの武将。三人の妻をもつ
イスファーン……パルスの武将。「狼に育てられし者（ファルハーディン）」と称される
メルレイン……パルスの武将。アルフリードの兄
ジムサ……パルスの武将。トゥラーン国出身
キシュワード……パルスの大将軍（エーラーン）。異称「双刀将軍（ターヒール）」
ジャスワント……パルスの武将。シンドゥラ国出身
グラーゼ……パルスの武将。海上商人
アルフリード……メルレインの妹。いちおうゾット族の族長

ルーシャン……パルスの宰相（フラマータール）
ラジェンドラ二世……シンドゥラ王国の国王（ラージャ）。自称「苦労王」
サリーマ……前の世襲宰相マヘーンドラの娘。美貌と才知にすぐれる
カドフィセス……チュルクの王族
イルテリシュ……トゥラーンの王族。「親王（ジノン）」と称されたが現在は……
レイラ……魔酒により蛇王（へびおう）の眷属（けんぞく）に。銀の腕環（うでわ）を所持
ヒルメス……パルス旧王家最後の生き残り。ミスル国で客将軍（アミーン）クシャーフルを名乗る
フィトナ……ナバタイ王国からミスル国王に献上された娘。孔雀姫（ターヴース）。銀の腕環を所持
ブルハーン……ジムサの弟。現在はヒルメスにつかえている
ヌンガノ……ミスル国の宦官
パリザード……パルス出身の美女。銀の腕環を所持
ドン・リカルド……元ルシタニアの騎士。記憶を失い白鬼（パラフーダ）と呼ばれていた
ザッハーク……蛇王

第一章　ラジェンドラ王、困惑す

I

　シンドゥラ国王ラジェンドラ二世は、額に片手をかざして前方を見はるかした。シンドゥラ暦三二六年、パルス暦三二五年、九月二十二日のことである。

　彼は象の背に乗っている。白檀づくりの座席だが、とくに装飾はない。国王みずからが軍を指揮するための座である。

　だいたいラジェンドラが軍をひきいるときには白馬にまたがるのだが、今回は象を選んだ。多少はこけおどしの要素もあるが、象の背上だと視界が大きくひろがるという実利がある。指揮しやすくなるし、味方の兵からも国王の勇壮な姿がよく見える。その分、敵からもよく見えるわけだが、そんなものを恐れるようでは国王とはいえない。

　ラジェンドラの眼前に、悠々たる大河がある。右から左へ、北から南へ、豊かに水をたたえて流れ下っていく。

　カーヴェリー河であった。古来、天然の国境をなしており、右岸がパルス領、左岸がシンドゥラ領である。建国以来、カーヴェリー河の西へ領土をひろげ、大陸公路支配の主導権をにぎるのが、シンドゥラ歴代の諸王の悲願であった。ラジェンドラも例外ではない。

むろんシンドゥラにとっての悲願は、パルスにとっての迷惑である。パルスは河岸近くにペシャワールの城塞をきずき、精兵を配して、三百年にわたりシンドゥラの侵攻をしりぞけてきた。ラジェンドラ自身、国王となる前に戦いをしかけてみごとに失敗した。もっとも、それが彼に玉座をもたらす結果となったのだが。

ペシャワール城を金銭で買いとれるものなら、ラジェンドラとしては、国庫を空にしても交渉に応じたであろう。だが、ラジェンドラにとって「心の兄弟」であるパルス国王アルスラーンは、おだやかな微笑を若々しい顔にたたえながら、その件に関しては一歩の譲歩もしなかった。それだけではなく、やさしげな顔で何をたくらんでいるのか――ラジェンドラにいわせれば、側近どもに何をそそのかされたのか――ペシャワールから全兵力をひきあげてしまったのである。

シンドゥラ軍は、騎兵八千、歩兵三万、象兵二千。もっとも、一頭の象には、乗って戦う兵と世話をする兵とで、五名の兵を必要とするから、象の実数は四百頭である。それでも、地を踏み鳴らし、ときおり咆哮をとどろかせ、土塵をまきあげて行進するありさまは、見送る民衆を圧倒し、勝利を確信させた。

空城を接収するのに四万もの大軍を派遣するのは、常識にはずれている。だが、相手がパルス軍であるかぎり、常識は通用しない。そもそもペシャワールを放棄すること自体、まともな行為とはいえないのだ。

なにしろパルスには「大陸公路の悪魔」ともいうべき人物がいて、その奸智のあくどさといえば、人間ばなれしていた。また、その人物の肩書が宰相でも将軍でもなく、「宮廷画家」であるというのも、とことんふざけている。

北方にかすむチュルク方面の山々を、ラジェンドラは頭をめぐらして遠望した。

シンドゥラ王国には火山が存在しない。知識としてはこころえているが、実際に見るのは、はじめてであった。

「あの煙は何だ？」

「山火事でもございましょうか」

「そうかな？」

ラジェンドラは納得できなかった。山の表面だけでなく、山そのものが揺れ、うごめいているように見える。錯覚であろうが、放置しておけないものを、ラジェンドラは感じた。

「五十騎ばかり出して、彼の山のようすを偵察させよ。無理はせんでよい、危険を感じたら、引き返して報告するのだ」

「御意(ぎょい)！」

「よし、渡河(とか)の用意をせよ。どうやらカルハナめの先をこしてやれそうだ」

チュルク国王カルハナを呼びすてにして、ラジェンドラは愉(たの)しげに笑った。直接、顔をあわせたことはないが、ラジェンドラはカルハナが大きらいであった。もっとも、相手のほうも同様であろう。

つい先日まで、シンドゥラ国王ラジェンドラ二世は悩んでいた。隣国パルスの武将たちは、なぜか彼に対して偏見を持っており、「あの厚顔(こうがん)な国王に悩みなどあるものか」などという。だが、ラジェンドラがいかに偉大で有能であっても、あくまで人間であり、神々の一員ではない以上、悩みから解放されるのは不可能であった。

「さてさて、どうしたものかなあ」

寝椅子に横たわったラジェンドラは、卓上の籠(かご)に盛られた果物に手をのばした。マンゴーとライチのどちらにしようか、考えてすこし悩む。一国を統治する者、どんな小さな選択であっても、おろそかにしてはならないのである。

結局、両方とも手にとった。王者は公平でもあらねばならぬ。ライチの固い皮を手ずから剝(む)き、白いつるりとした実を口に放りこむ。舌でころがして種をとる間にも、ラジェンドラは考えつづけた。大きな種を皿に吐き出したとき。

サリーマ。

不意にその名がラジェンドラの脳裏に浮かんだ。

女性の名である。前代の世襲宰相マヘーンドラの娘で、その美貌と才知はシンドゥラ全土に冠絶するといわれた。ラジェンドラは、異母兄弟のガーデーヴィと王位をあらそったが、サリーマをめぐっても競争した。結局、父親の意向によって、サリーマはガーデーヴィの妃となった。ガーデーヴィの母親のほうが上流家庭の出身で、王位に近いと思われていたからである。

予想ははずれ、内乱が生じてパルス軍の介入を招き、ラジェンドラの掌中に王位がころがりこんだ。マヘーンドラは錯乱した女婿によって殺され、サリーマは夫を告発して亡き父の復仇をはたした。勝者となったラジェンドラは、サリーマにいっさい罰を科さず、亡き父の遺産も相続させた。現在、サリーマは亡き父の遺した豪華な館で暮らしている。

一方で、ラジェンドラは、チュルクの王族カドフィセスを「客人」として国内にとどめていた。この両人を結びつけることで、今後の野心の展開と選択は、有利になるだろう。

さっそくラジェンドラはサリーマを王宮に呼びよせたが、眼前にサリーマが優雅な姿をあらわすと、予想を超えて心を奪われてしまった。

「惜しいな」

心からラジェンドラは溜息をついた。

「カドフィセスなんぞにくれてやるのは、まったく惜しい。だが、これ以上の餌はないし、女なんて、うん、しょせん英雄の道具にすぎんのだ」

サリーマの黒くかがやく瞳、くっきりとした眉、細くとおった隆い鼻、蜂蜜色の肌。ラジェンドラは必死に、個人的な誘惑にさからった。

「ああ、その、サリーマどの、そろそろ五年ぶりになるかな。いや、ますます美しくなられて、このラジェンドラ、賛美の念を禁じえぬ」

「陛下にも、ますますご壮健のごようす。臣下として心より天上の神々にお祈りいたします。さらなる恩寵が陛下の御身にあらんことを」

ラジェンドラはうなずき、すぐに本題にはいることにした。よけいな会話をかわしていたら、誘惑に負けてしまう。

「ええと、突然な話だがな、サリーマどの」

「はい？」

「サリーマどの、ひとつチュルク国の王妃になってみる気はないか」

王妃になる。それもシンドゥラではなくチュルクの。ということは、ラジェンドラが決意したということだ。チュルク軍との本格的な戦いを。瞬時にサリーマはさとったが、そこへ自分がどう関わってくるのかわからない。わからないが、サリーマは柳眉を動かしもしなかった。

「陛下がそうおおせになるのであれば、サリーマは、つつしんでしたがいます」

「え、よいのか」

ついまぬけな台詞を、ラジェンドラは口にしてしまった。サリーマを説得するために、いくつもの甘言麗句を用意していたのだが、それらがすべて、一瞬にして吹きとんでしまった。

対照的に、サリーマは落ちつきはらっていた。平然というより冷然と評するにふさわしい沈着ぶりである。ラジェンドラの、落ちつきのない姿を見つめながら、すずやかな声を出した。

「妾の生命と運命は、ラジェンドラ陛下の御心のうちにございます。拒否したてまつるはずがございません」

「う、うむ、まあそれはそうだが……」

「もともと妾は陛下に背きたてまつったガーデーヴィの妻でございました。本来であれば殺されるべきところ、生命を助けていただいたばかりか、一国の王妃にしてくださるとの仰せ。夢かと思うほどでございます。亡き父マヘーンドラも、さぞ感謝しておりましょう」

涼風がふたりの間を吹きぬけているのに、ラジェンドラは汗をかきはじめた。

「いや、そこまで感謝されると、予もいささか気恥ずかしい。明日にでも玉座にそなたを坐らせてやりたいが、半年か一年か、それなりの日数はかかろう」

「当然のことでございます」

「まあ聡明なそなたのことゆえ、予がとやかくいわずとも、納得してくれているのは、ありがたい。それと、肝腎なのは、そなたの夫となる人物じゃ。カドフィセスは身分や外見に不足はないと思うが、そなたの鑑定眼にかなえばよいがのう……」

「陛下が妾のためにお選びくださった殿方、妾の目など、いかほどの価値がございましょう。すべて陛下の御意のままに」

サリーマは深々と一礼する。シンドゥラ国においてもっとも典雅な一礼であったろう。

II

ラジェンドラは予定より早くサリーマを帰宅させた。これ以上いっしょにいると、欲情の面で危険である。帰宅に際して、三重になった真珠の首飾りを贈ったのは予定外の出費であった。

本人に会って、ますますラジェンドラは、サリーマをカドフィセスなどに渡すのが惜しくなった。

「いっそ、あそこまで美しくなければなあ。おれの側室にでもして、気楽に暮らさせてやれるのだが」

ただ、正式に結婚してサリーマを王妃にしよう、とは思わないところが、ラジェンドラのラジェンドラらしい「分別」である。サリーマを王妃にしたら、たちまちラジェンドラは彼女に頭があがらなくなり、側室を持つどころか、美しい侍女と一夜の浮気をすることも、ままならなくなってしまうだろう。

「つくづく思えば、ガーデーヴィごときにサリーマを御せるはずがなかったな。現在にしてよくわかるが、マヘーンドラもたいして娘を見る目がなかったわ。もしおれに……」

急に目が覚める思いがして、ラジェンドラは自分の頰をたたいた。

「いかんいかん、王者は孤独なもの、と、承知していたはずではないか。この国は、おれがひとりで責任をもって治めねばならぬのだ。でなくては、亡き父上にも恥ずかしい。それに王者たるもの、ほしいままに約束を違えてもならぬ。サリーマはカドフィセスにくれてやって、おれはペシャワール城を手に入れ、いずれチュルクを併合してくれよう」

この台詞だけ聞けば、いかにも英雄的君主らしいが、ともあれラジェンドラはサリーマへの未練を絶ちきり、先祖代々の宿願を実現させるために努めることにしたのである。たしかにラジェンドラの思慮と決断は、一国の君主として正しいものであった。ただ、想像力の豊かなラジェンドラも、このときひとつの可能性を見落としていた。もし、めでたくサリーマがチュルク国の王妃となったあかつきには、チュルクは賢明で冷徹な王妃のもと、シンドゥラ国の脅威となるのではないか、という可能性である。

だが、さすがに、想像力豊かなラジェンドラも、ペシャワール奪取という大事を前に、そこまでは頭がまわらなかった。サリーマが承諾した以上、カドフィセスにも承諾させねばならない。むろんカドフィセスが拒絶するはずはなかった。労せずして王位と美女が左右の手にはいるのだから。

それだけにとどまらず、ラジェンドラは、サリーマとカドフィセスとの件をかたづけたら、ただちに軍を発してパルス領内に進駐し、ペシャワール城を「接収」するつもりであった。チュルクに先をこされてはならない。

当のカドフィセスは、九月になって国都ウライユールに呼ばれ、王宮の隅に一室をあたえられていた。これからはシンドゥラの平地も涼しくなる。暑さに弱いカドフィセスも、冬は平地のほうがよかろう。

　呼びつけられたカドフィセスは、すぐやって来た。「客人」という名目にふさわしい待遇を受け、女にも酒にも不自由はしないが、「むだ飯ぐらいのチュルク人」に対して、シンドゥラ人たちの目は、けっしてあたたかくはない。

　カドフィセスにしても、異国で無為徒食の日々を送るのは、最上の居心地とはいえなかった。何の用かわからぬが、喜んでやって来た。

　ラジェンドラはサリーマの姿をカドフィセスに見せてやった。そろって富裕な商人の姿に変装して、サリーマの館をおとずれ、侍女頭に金貨をつかませたのである。侍女頭は、花園で侍女に四行詩集を読ませているサリーマの姿を、好色な偽商人どもにこっそり窃き視させてくれた。

　帰路、カドフィセスの両眼には、星の光があふれかえっていた。

「あ、あの美女を私にくださるというのか」

「そう申しておる。おいやかな？」

「い、いやなどと……」

「ま、おぬしがいやなら、彼女はべつの男に再嫁するだけのことだ。彼女を妻にしたい男は、シンドゥラ国内にいくらでもおるでな。現在の女房を追い出してでも、だ。わはは、どうする？」

「ラジェンドラ陛下のご好意、ありがたくお受けたてまつる」

カドフィセスはパルスの武将たちに影響されたわけでもなかったが、ラジェンドラの好意を素直に受け容れるには、不愉快な経験をかさねすぎていた。自分の得にならないことを、この国王が申し出るはずがない。

「それで条件は？」

「条件などない」

鷹揚に答えてから、ラジェンドラはつけ加えた。

「ただ、希望はある」

「そらきた」

「何か？」

「いや、どのようなご希望かと……」

「あれだけの美女だ。豪華な宮殿と宝石づくりの冠をあたえてやりたい。そう思わぬか？」

「ということは、つまり……」

口ごもるカドフィセスの肩に、なれなれしくラジェンドラの手がおかれた。

「さよう、ついにその日が来たのだ。おぬしがチュルク国王になる日がな」

カドフィセスは思わず唾（つば）をのみこんだ。むろん王位は自分の意思で人の手に飛びこんでくるものではない。いよいよシンドゥラが軍をおこし、カドフィセスが参加することになるのか。

「もちろん、物事には順序がある」

「順序の第一は？」

用心を野心が押しのけ、カドフィセスの声がはずんだ。ラジェンドラは即答した。

「ペシャワール城を奪（と）ることだ」

「ペシャワールを!?」

カドフィセスでなくとも仰天するであろう。ペシャワールとは「難攻不落」の代名詞である。十年ほど前、シンドゥラ、チュルク、トゥラーンの三カ国が欲得（よくとく）ずくの同盟を結んでパルスに乱入したことがあった。この「無名の師（いくさ）」は、当時ダイラム地方の領主であったナルサスの舌先ひとつで醜態の極致（きょくち）に終わったのだが、パルス軍の奇策（きさく）が実るまでの間、ペシャワールは五十万という大兵力の攻囲に耐えぬいたのである。

「す、すると私は、ペシャワール城を陥（おと）さなくてはならぬのか」

「そなたが心配するにはおよばぬ。予（よ）には奇策があるでな」

「奇策とは……？」

「残念だが、国家の重大な機密であるによって、現在は明かせぬ。とにかく、そなたは予の代理としてペシャワールに入城し、そこを拠点としてチュルクへ凱旋する日のために活動するのだ」

　すでにラジェンドラは、ペシャワールへ侵攻する軍事的な準備、兵も糧食もととのえてあった。みごとな行動力だが、これまでさんざんパルス軍にしてやられたラジェンドラとしては、悪魔もよけて通る宮廷画家に知られる前に、電光石火で先手を打っておきたかったのである。

　九割の喜びと一割の不安をかかえて、カドフィセスが退出すると、ただちにラジェンドラは文武の高官たちを呼集し、みずから軍をひきいてペシャワールを攻略する、と告げた。

　王宮警護隊長のプラージヤ将軍が、遠慮がちに言上した。

「陛下、国王おんみずから危険を冒される必要はございませぬ。ここは将軍たちの誰ぞにおまかせあれば……」

「プラージヤよ、陣頭に立つのがいやなら、おれは兄弟を死なせてまで王座に即きはしなかったぞ」

「は、おそれいってございます」

ラジェンドラは、いわばサリーマの夫の仇である。そのようなことは日ごろは忘れているが、当のサリーマに会った直後は、彼女によいところを見せてやりたかった。「そなたのために、予自身の手でペシャワールを手に入れてやったぞ」というわけだ。それに、公平に見て、ラジェンドラはけっして臆病ではなかった。べつのいいかたをすれば、「しなくてもいいことをしたがる」のだ。

　こうしてシンドゥラ軍四万は国王に親率され、カーヴェリー河をこえたのである。渡河に際しては舟をつらね、板を渡して舟橋をかけ、象たちは歩いて、無事にパルスの土を踏んだ。

「たしかに人の気配はないな……周辺の農民どもはどうだ？」

「周辺にも人の姿は見えませぬ。家のなかに隠れて、息をひそめておるのでしょう」

「パルス語の立札を十ばかり立てよ。民に危害は加えぬゆえ安堵せよ、もし危害を加える兵がおれば、シンドゥラ国王の名において厳しく罰する、とな。至急とりはからえ」

「かしこまりました」

　なかなかりっぱな命令を下したラジェンドラは、自分に満足して象の背上で胸をはったが、急に鼻を鳴らした。何やら不快な臭気をかいだような気がしたのだ。その臭気は北風に乗って彼の鼻にとどいたのだが、風向きが変わると象や馬の匂いにまぎれてしまった。

それは火山の噴火にともなう硫黄の匂いであった。

III

先遣隊（せんけんたい）の兵士たちが駆けもどって報告した。

「城内はかなり荒れております」

「どうやらそのようだな」

眼前に立ちはだかるペシャワールの城壁を、ラジェンドラはうさんくさそうに眺（なが）めた。濠（ほり）にそって左右に馬を歩ませてみる。城壁のいたるところが傷つき、大小の穴があき、上部にはくずれた箇所も多い。とてもパルス自慢の名城とは思えない。

「石の雨でも降ってきたようなありさまで、とてもとても、尋常（つね）の戦いがおこなわれたとは思えませぬ」

「ペシャワールを攻撃してきたやつらがいるとすれば、よほどに多くの投石器をそろえてきたのだろう。ただそれだけのことであろうよ」

「いずこの軍が、そのようなことをしたのでございましょう？」

ラジェンドラは皮肉な視線を向けた。

「おれに尋くのか？　おまえたちが調べて、おれに報告すべきだと思うが、おれはまちがっているかな」

「あっ、こ、これはまことに非礼のきわみ、何とぞお赦しを」

「もうよい。とにかく原因をさぐれ。同時に城壁を修復し、道路から瓦礫をとりのぞいて軍を入城させよ。ああ、象軍だけは入れるな。濠にかかった橋を補強してからだ」

いかにも有能な王者らしく指示を下しながら、内心、ラジェンドラは薄気味悪い思いを禁じえなかった。これだけの損害をペシャワールの堅固な城郭にあたえるには、よほど多くの強力な投石器をそろえる必要があるだろうが、そのようなことが可能な国といえば、ラジェンドラが知るかぎり、シンドゥラとチュルクだけである。

むろんラジェンドラは、身に自覚がない。とすればチュルク国の梟雄ともいうべきカルハナ王の仕業であろうか。だが、一万以上を算えるチュルク軍が、ペシャワールを攻撃するとしたら、シンドゥラにまったく知られずにすむはずはない。加えて、ペシャワールにこれほどの損害をあたえながら、占拠もせず撤退してしまうというのも理にあわない。

白馬に乗りかえたラジェンドラは、全軍の先頭に立ち、濠にかかった橋を渡って、堂々と入城した。半馬身おくれて、左をプラージヤ、右をバリパダ将軍が護る。国王身辺の事務をとる宮廷書記官のアサンガは、馬に乗れないので、おとなしそうな驢馬の背に揺られている。

「国王陛下ばんざい！　ペシャワールご入城おめでたく存じあげたてまつる！」

兵士たちの歓声に、ラジェンドラはつくり笑顔で応えた。兵士たちには愛想よくふるまう必要があるが、じつのところ、めでたい入城とはいいがたい。報告どおり、城内にも荒廃の気が強かった。

城壁のいたるところが破壊され、補修された箇所も、いかにも応急処置といった観がある。右にも左にも瓦礫が積まれ、建物の屋根には穴があいて、安物の羊皮や布が釘で打ちつけられている。ラジェンドラのつくり笑顔もしだいにこわばってきたのだが、とある路地の一隅で一個の屍体が発見された。半ばミイラ化した、翼のある猿の屍体。

ついにラジェンドラは、露骨に眉をしかめた。これらの屍体は、過日、カーヴェリー河を流れ下ってきた異形の骸を想い出させたのだ。

あの気味の悪い骸は、重臣のナタプールに押しつけて保管させているが、全身の形や悪臭もさることながら、気にくわぬのは翼の存在であった。この悪鬼どもは、空を飛んで、空中からペシャワール城を襲撃したのであろうか。だとしたら、ペシャワールの破壊ぶりにも納得がいくが……。

「とりあえず、城壁の修復をいそげ。それと、兵営の屋根をなおすのだ」

無傷の名城を手に入れたと思ったが、現実は苦（にが）かった。馬上でむくれている国王（ラージャ）に、プラージヤ将軍が言上（ごんじょう）する。

「完全に修復いたしますか？　人手は充分にございますが」

「ううん、全面的な修復をするとなると、費用（かね）がかかるなあ」

つい、けちくさい台詞（せりふ）を、ラジェンドラは口にした。ペシャワールに入城するまで、万事うまく運んでいたので、想定外の事態に直面して、不快感の見えない手が、脳をかきまわしている。

「なれど、陛下、きちんと修復しておきませんと、チュルク軍が来攻したとき防戦できませぬぞ」

「わかっておるわ、そんなこと」

国王の不機嫌な視線を受けて、プラージヤはあわてて頭を下げた。

バリパダはたくみに馬を乗りまわしながら、よくとおる声でつぎつぎと兵士たちに指示を下している。兵士たちもきびきびとよく動いているようだ。バリパダに対してたのもしさをおぼえるとともに、ラジェンドラは腹が立ってきた。どこの何者が、こんなよけいな手間を彼にかけさせるのであろう。

もっとも、ラジェンドラが真に怨むべき対手は、パルスの諸将であったにちがいない。ペシャワール放棄などという悪辣な策謀を考案したのはナルサスであったし、その意を受けたクバードとメルレインは、最低限の城内修復をすませると、すばやく王都エクバターナへと去ってしまったのだ。

「シンドゥラでもチュルクでも、先に入城したやつらが、のこりの修復と防御をすればよいのさ。我々がもどってきたときには、きちんと手入れしてくれているだろうよ」

「いったん修復した城壁を、もういちど壊しておこうか、クバード卿?」

「わざわざそこまでせんでもよかろう。めんどうだし、兵士たちも、自分たちの手で城を壊したくはあるまい」

そのような会話が、クバードとメルレインとの間にかわされたのだ。彼らはペシャワールという甘い毒の餌をシンドゥラとチュルクの前に放り出し、さっさと王都エクバターナへ帰還したのである。

こうして空城となったペシャワールに入城したラジェンドラが、異変に気づいたのは、そのときだった。

「じ、地震か!?」

数はすくないが、シンドゥラにも地震はある。皮肉なことに、ラジェンドラは馬の背上で気分よく揺られていたので、馬の足もと自体が揺れているのに気づくのが遅れた。歩兵たちが最初に気づいたのである。

「動くな！　騎兵はおりて馬をおさえろ。歩兵はその場にしゃがめ。近くにつかまるものがあればつかまれ！」

上下動が横揺れに変わり、数を百ほど算えたところで、ようやく大地は静まった。さいわい損害はなく、ひと息ついたところへ、先刻出したばかりの北方偵察隊が帰ってきた。馬の息は荒く、人は汗にまみれている。

「ご報告申しあげます。山地までの道半ばにて、チュルク軍の軍列を発見いたしました。いそぎ駆けもどってまいった次第にございます」

「何!?　まちがいないか」

「まちがいございませぬ。たしかにチュルク軍でございます」

「おのれ、他国の兵が留守であるのをよいことに、城を奪おうとするとは、非道なふるまい。天罰が下らぬなら、我らが下してくれようぞ」

ラジェンドラはうなったが、これが「天に唾する」台詞であることは、いうまでもない。とりあえず、ラジェンドラの頭上に雷は落ちてこなかったので、彼は現実的な問いを発した。

「それで、チュルクの兵力はいかほどか」

「軍列が長うございまして、後方までは確と判断しかねましたが、騎兵一万、歩兵二、三万というところでございましょうか」

「よし、よく報せてくれた。後ほどあらためて質すこともあろうが、とりあえず、この者たちに金貨一枚ずつをあたえよ」

諸将に気前のよいところを見せておいてから、ラジェンドラはバリパダをともなって城壁に上った。北から西へかけての曠野と、はるかな山なみをながめながら、あわただしく将帥としての思考をめぐらせる。

チュルクの騎兵隊は恐れるにたりぬ、と、ラジェンドラは考えた。山岳地帯での騎馬戦であれば、チュルク騎兵の巧妙さと強悍さはパルス騎兵をすら上まわるであろう。だが、ペシャワール周辺は平原となだらかな丘陵であり、騎馬戦においてはシンドゥラ軍と互角というところだ。加えて、シンドゥラ軍には象兵がいる。象軍で壁をつくり、そこへチュルク軍を追いつめていけば勝利は容易であろう。

「待てよ、城外の丘陵に兵を伏せておいて、敵が城壁にとりついたとき、後背から奇襲してもよいな。チュルク軍め、異国の野に屍をさらすため、わざわざ山奥からお出ましとは、ご苦労なことよ」

余裕にみちて哄笑（こうしょう）したラジェンドラであったが、視線を地上から空へと転じて、思わず声をあげた。

「おい、あれは何だ？」

「あれと申しますと？」

「空を見ろ。雲にしては動きが妙だと思わぬか？」

ラジェンドラは北方の天を指さした。黒い雲らしきものが急速に近づいてくる。前後左右に伸縮し、あたかも生物のようだ。

「陛下のおおせのとおりでございます」

バリパダ将軍が答えた。

バリパダはこれまで主としてシンドゥラの東方国境を守ってきた将軍である。先年、「カリムガングの戦い」でシャン族の軍三万を大破し、一万の首級をあげ、一万の捕虜を得て、武名をとどろかせた。

まだ三十五歳である。密林（ジャングル）や湿地帯での戦いにおいては、充分な才能と功績を見せてくれた。東方国境が安定したので、ラジェンドラは彼を国都ウライユールに呼びよせ、これ以後は砂漠や平原での戦いを経験させるつもりである。

将来の国軍総司令官候補であるバリパダが、声に緊張をはらませて叫んだ。

「陛下、城壁からお下りくださいませ！」

「あれは何なのだ、バリパダ？」

「敵でございます！　さあ、お早く！」

ラジェンドラは一瞬、どんな敵か、と問いかけて口を閉ざすと、有能な武将の的確な指示にしたがった。身をひるがえして階段を駆けおりる。その背後を守りながら、バリパダは半月刀を鞘から抜いた。

「全員、身を隠せ！　空に対して身をさらすな。弩弓兵のみ、おれのもとに集まるのだ！」

叫びながら、半月刀を頭上で舞わす。

右往左往していたシンドゥラ兵たちは、そのたのもしい雄姿と、力強い号令とで生色をとりもどした。刀や槍しか持たぬ兵士たちは、物蔭へと走り、弩や弓をかまえた兵士たちは、顔をひきつらせながらもバリパダの周囲にあつまって、矢を天へ向ける。ところが雲なす悪鬼の群れは、城の上空を回避していった。ほどなく城外から象たちの悲鳴が聞こえてきた。

「いかん、象どもは隠しきれぬ」

「象はおあきらめください。まず人と馬を守らねばなりませぬ」

無念そうに国王を説きながらも、バリパダは象兵たちに向けて伝えさせた。河へ走れ、水中に飛びこんで、空からの攻撃を回避せよ、と。

象兵たちは命令にしたがおうとしたが、象たちはすでに怯えきっていた。人間どもの制止や命令を無視し、四方へ乱れ走る。その背へ向けて悪鬼どもが舞いおり、かかえていた石をたたきつけ、牙や爪を突きたてた。象たちの灰褐色の皮膚に赤く血がにじみ、悲鳴が天をどよもす。

四百頭もの象をうしなうのは、シンドゥラ軍にとって大きな打撃であった。象たちのなかには、長い鼻で悪鬼を巻きつけ、しめあげたり、地上にたたきつけて闘うものもいるが、大半は必死に逃げまわるだけである。

「陛下、また山頂から火と煙が大量に噴きあがりましたぞ。それに何やら赤いものが山腹を流れ下っております」

シンドゥラ語の語彙に「噴火」というものはあるにはあるが、使われるのはよほど稀れなことである。まして「熔岩」などという言葉は誰も知らなかった。

IV

不意にラジェンドラが思いあたったことがある。

「パルス軍がペシャワールから消えたのは、もしや、このような事態を予測したためだったのではなかろうか」

パルス国内に何か異変が生じたことは漠然とさとっていたが、ラジェンドラが直面した事態は想像を絶していた。

シンドゥラ軍の危機と苦労もただごとではなかったが、チュルク軍に較べればまだましであった。

山岳から平原へ、勇壮に押し出してきたチュルク軍は約三万。可能なかぎりの速度でペシャワールへと南下してきたまではよかったが、結果として悲惨きわまる状況に放りこまれた。身を隠すものとてない平原で、空からの無慈悲な攻撃を受けることになったのである。

ばらばらと石が降ってきた。頭部に石を受けて、数名のチュルク兵が倒れ、よろめいて僚友にささえられる。勇敢な兵士の幾人かが弓をとり、空に向けて矢を射放したが、整然たる斉射(せいしゃ)ではなく、ばらばらだったため、効果はなかった。むき出しになった身体(からだ)に投石が激突し、血を飛散させて倒れていく。

「身を伏せよ！　盾の下に身を隠すのだ、早くしろ！」

シンドゥラ軍に先をこされまいとして、チュルク軍は本国から急行してきた。それでもシンドゥラ軍より遅くなってしまったのは、チュルク国王カルハナの決断が、ラジェンドラよりわずかに遅れてしまったからである。

それでもチュルク軍は最善をつくした。まさに一歩の差までシンドゥラ軍に接近したが、快速で移動するには将兵の装備を軽くしなくてはならなかった。軽い装備は、当然、防御力の低下につながる。

チュルク軍の頭上を、雲のごとく黒い影がおおいつくした。血に飢えた奇声が、ペシャワールの城壁にまで、きれぎれにつたわってくる。

投石の豪雨が、チュルク軍に降りそそぐ。

シンドゥラ軍はペシャワール城内の建物や城壁の蔭(かげ)に身をひそめることができた。だがチュルク軍は盾の下で身をちぢめているしかない。盾にあたった石が不快な音をたててはねかえる。重い石が盾を破ると、不運な兵士のうめき声が地を這(は)った。

チュルク軍の指揮官たちは戦術的な対応を誤った。悪鬼の群れは全身をさらして空中からおそいかかってくる。最初の段階で、弩や弓を持つ兵士をそろえ、数列にわけてつぎつぎと矢を斉射させるべきであった。そうすれば、完勝とはいかぬまでも、敵に打撃をあたえ、味方の損害をへらし、いちおう戦いの形をつくることができたはずである。

だが、そもそも大陸公路のあらゆる国々で、空からの攻撃に対する防戦法など存在しない。パルスのみが、痛い経験と宮廷画家の画策によって、今後の戦いにそなえているだけだ。

やがて空飛ぶ悪鬼どもは、身の毛もよだつ叫喚をあげ、勝ち誇って、火と煙を吐きつづける山の方角へ飛び去った。あとには血と砂にまみれた死体の丘が残されたが、数百の死体が甲冑をはがれて持ち去られたのは、喰うためであろう。彼らの姿が完全に消えた後、ラジェンドラは千騎ほどをしたがえ、城を出て、惨劇の場を視察した。

「ひどいものだな」

ラジェンドラは溜息をついた。何かといがみあっていた隣国チュルクの軍隊が、未知の敵に惨憺たる目にあわされた。いい気味だ、といってやりたいところだが、この惨状を見ると、憎まれ口をたたくのも、いささかはばかられる。同情心に近い気分まで湧きおこってくるのは、ラジェンドラの存外な人の好さであろうか。

それだけではない。チュルクにとって未知の敵は、シンドゥラにとっても同様の存在である。いつシンドゥラ軍がチュルク軍とおなじ目にあうかと思えば、他人の不幸を喜んでなどいられない。

「それにしても、パルス軍め」

ペシャワールにもどって、ラジェンドラはいまいましげにつぶやいた。天下の要衝たるペシャワールの城塞を、なぜパルス軍が放棄したのか。いくら考えてもわからなかった理由が、ようやくわかったのだ。

「あの空飛ぶ悪鬼どもの襲撃を受けることが、パルスには予測できておったのだ。だが、どうやって予測した？」

「パルス軍は我らに先だって、悪鬼どもの襲撃を受け、守りきれぬと判断したのでございましょう。城のありさまを見ますれば、それに相違ございませぬ」

「だとしても、まさかペシャワールを放棄するとは……こんなことを考えつくのは、アルスラーンではあるまい。あの悪辣な宮廷画家めに決まっておるわ」

ラジェンドラの洞察は正確だった。彼自身が、悪辣な宮廷画家のたびかさなる被害者なのだから、疑いの視線はすぐ、ひとつの方角に向かうのである。

「で、損害はいかほどか」

「わが軍は五千ていど。チュルク軍はほぼ全滅でございましょう」

「被害なしはパルス軍だけか」

「御意(ぎょい)」

この惨劇の場にいあわせないというだけで、ラジェンドラの洞察が正しいことは明らかだった。なにしろパルス領内の要衝にパルス軍が存在しないのだから、これほど異常なことはない。

「ええい、腹の立つ、どうしてくれよう」

ラジェンドラの憤激には、幾重もの理由があった。まんまと毒餌(どくえ)を喰(くら)って損害を受けたことがひとつ。その毒餌がまかれていたのがパルス領内で、四万もの大軍をもって無断侵入したシンドゥラ軍としては、パルスを責める正当な理由がない、というのがひとつ。さんざん乱世の英雄めいた大言壮語をして出征(しゅっせい)したあげく、みごとに失敗して、サリーマやカドフィセスにあわせる顔がないことがひとつ。さらに……。

「ええい、いかんいかん」

ラジェンドラは、側近たちが心配するほど激しく頭(かぶり)を振った。王者たるもの、陰気にふるまってはいけない。とくに味方が大損害を受けた後は。何か善後策を立てて兵士どもを安心させてやる必要がある。

そう思った瞬間、ラジェンドラの身体が鞍上(あんじょう)で跳(は)ねた。地がとどろき、視界が揺れる。

「ま、またか」

「陛下、広場へお出ましくださいませ。ここにおわしましては、御身が危のうございます」

つい先刻とは、状況が正反対になった。建物が揺動し、壁がくずれ、屋根が割れ、柱が折れる。濛々と土塵が立ちこめる。恐怖した象の咆哮と、馬の悲鳴。

ペシャワールは軍事施設であるから、数万人の将兵を整列させるだけの広場があるのは当然だ。ラジェンドラの乗った白馬は、バリパダの騎馬に先導され、広場へと走った。頭上から屋根の破片や羊皮が土塵とともに降りそそぐ。

先ほどの地震にかろうじて耐えた柱や壁が、より大きな二度めの揺れには耐えきれなかった。音をたてて柱が折れ、壁がくずれる。馬の足もとで大地が割れる。ポプラの樹が根こそぎ倒れる。すべての光景を土塵が隠そうとする。気がつくと、シンドゥラの若い国王は広場の中央に、息をきらしてへたりこんでいた。

この地震によって、シンドゥラ軍はさらに三千余の兵をうしなった。敵と戦わずしての損害である。日ごろ必要以上に陽気なラジェンドラも、暫しの間、茫然として、お得意のへらず口もたたけなかった。

「陛下、ご無事で何よりでございます」

土塵にまみれた廷臣たちが拝跪する。

「そなたらも無事だったか」

「はっ、陛下のご天寵をもちまして」

「せっかくの世辞だがな、プラージヤ、天寵があるなら最初からこんな目にはあわんわ。

それにしてもまったく何でこんなことに……」

「おそれながら申しあげます」

「アサンガか、おそれんでもよい、何を申しても怒らんから、思うところを述べてみよ」

「ありがたき幸せ。ええ、臣が思いまするに、すべての災厄の元兇は、あの山ではないかと……」

肉づきのよいアサンガ書記官の指が、北方の火を噴く山を遠くにさす。山の上半分が赤くかがやいていた。熔岩が流出をつづけているのだ。

「この地震も、あの山がおこしたとでも申すのか」

「シンドゥラには火を噴く山がございませんゆえ、なかなか考えがおよびませぬが、火を噴く山の地下には巨大な火の湖が広がっておりまして、それが地震を誘発するのだ、と聞きおよんでおります」

「ふん……見るからに不吉な山ではあるが、山を弓矢や剣で討ちとるわけにもいかんな。

バリパダ、そなたの考えはどうだ？」

精悍(せいかん)な将軍は一礼して答えた。

「お答え申しあげます。臣が気にかかりますのは、何よりもあの悪鬼どもでございます。いったいどこから来たのか、その点は明らかでございますが……」

「……あの気味の悪い山か」

「それよりも、あの悪鬼ども、いったい何者に指揮されているのでございましょう。それが最大の問題でございます」

ううん、と、ラジェンドラは何十度めかのうなり声をあげた。

「見当もつかんが、何とか探(さぐ)らねばならんな。ところであの山、名は何という？」

この質問には書記官アサンガが答えた。

「たしかデマヴァント山とか申す由(よし)、聞きおよんでおります」

V

噴きあがる炎。天に摩(とど)く灰色と黒の煙。たちこめる硫黄の悪臭。そして赤く黄色く溶(と)けて煮えたぎる灼熱(しゃくねつ)の濁流。大きく小さく、上下左右に揺れ動く大地。

チュルク人の若者ジャライルの周囲で、地獄が猛りくるっている。熔岩が熱風を生み、肌から噴き出す汗は滴となって飛び散った。

目が痛い。熔岩と炎が瞳を灼く。流れ出す涙は、流れこむ汗より多くの水分をジャライルからうばうようであった。

「レイラさま、こちらへ！」

レイラは地底に住む魔人イルテリシュの妻だという。だが、ジャライルとほとんど年齢はちがわないし、何よりも、イルテリシュと好んで結婚したとも思われない。このような地底の魔窟に、よろこんで住んでいるはずもないのだ。助けねば、と思った。

レイラは感情の欠けた目でジャライルを見たが、すぐ視線を「夫」のほうにもどした。長い棒を地に立て、動こうとしない。あせったジャライルは、自分が動こうとして足をとめた。熔岩のかがやきを受けて、忌まわしい黒影が踊りくるっている。蛇王ザッハークの肩から生えた二体の蛇だ。イルテリシュが、魔道士ガズダハムに問いかけた。

「蛇どもに何を食わせる気だ？」

「生きた人間の脳だ、以前そういったであろう」

おぞましい台詞を、よだれとともに垂れ流す。

「このチュルクの孺子、いままで不本意に生かしておいたが、最後に役に立ってもらおう」

ジャライルは凍りついた。恐怖と嫌悪には際限がないのだ、と思い知った。「助けてください」と恥も外聞もなく叫びたかったが、声も出ない。逃げ出したいが、身体も動かない。ひたすらイルテリシュを見やりつつ、立ちつくすばかりである。

その効果があったのかどうか。

「こやつはだめだ」

イルテリシュは、魔道士の提案を一蹴した。ジャライルはこの獰猛な男に対して、すがるような気分になった。ガズダハムのほうは目をむいた。踊りくるう蛇は、胴体の太さが人間の太腿ほどもある。

「なぜ、なぜだめなのだ!?」

「こやつはおれをヘラートへ案内するといっておる。チュルクの国都へな。生かしておかなくてはならん」

魔道士ガズダハムは一瞬、愕然とし、ついで激昂した。とびあがって何か喚こうとした刹那、イルテリシュの強力な腕が伸びて、ガズダハムの襟を乱暴につかんだ。

「な、何をする」

「蛇の餌に人の脳が必要だというなら、きさまの脳でもよかろう」

「な、な、何と……」

「きさまはあの蛇王とやらの忠実無比な信徒なのだろう。蛇王さまに自分の脳を召しあがっていただけるのだ。本望というものではないか」

「ま、待て……！」

ガズダハムの顔が、蒼(あお)みをおびた灰色に変じた。想像だにしない恐怖を、突然つきつけられたのだ。蛇王のために全身全霊をつくすつもりではあったが、その復活に際して自分の脳を食われるとは思ってもいなかった。

異様な音が頭上でひびいた。重い翼の音だ。チュルク軍をおそった怪物の群れが地上からもどってきたのである。

「……ふん、もどってきたか」

魔道士の醜態をあざけりながら、イルテリシュは、彼をつきとばした。

「残念だったな、魔道士よ、きさまのかわりに、猿の怪物どもが蛇王の餌をさらってきおったわ」

有翼猿鬼(アフラ・ヴィラーダ)の群れは、キイキイと奇声をあげながら、かかえていた物体を、つぎつぎとイルテリシュらの足もとへ放り出した。

甲冑(かっちゅう)をはがれ、血と土塵(どじん)にまみれた男たちは、先刻、平原上で有翼猿鬼(アフラ・ヴィラーダ)の大群におそわれて潰滅したチュルク軍の生存者であった。まだ生きているというだけで、いずれも重い傷を負っている。放り出されたとき、あらたな傷を受けた者もおり、人体を投げ出す重い音にまじって、苦痛のうめきがおこった。

「あ、あ……」

ジャライルはうめいた。チュルク兵は彼の同胞だ。地上で何事が生じたか知れないが、傷だらけで血にまみれ、死に瀕してうめいている。それは死んだ父や叔父の姿かもしれず、ジャライル自身の近い将来の姿かもしれなかった。正視に耐えず、顔を背けたジャライルの両眼に涙が光る。

対照的に、喜色を爆発させたのはガズダハムだった。

「おお、おお、ついに来た。この日が来た。蛇王さまが人間どもの脳を召しあがる。その光景を見る日が、ついに来たのだあ！」

イルテリシュはわずかに眉をしかめた。

「チュルクの兵士どもらしいな。このあたりをうろついておったのか。何のためにだ？」

ペシャワールが空城であることを、イルテリシュは知らぬ。ガズダハムが匿しているからだ。

「いま食っているのは、蛇王とやらではなく、両肩に生えた蛇どもだろう。蛇王本人は何を喰うのだ？」

「それは……」

ガズダハムは狼狽した。伝承によれば、蛇王自身は人間を食うわけではない。豪奢な美食をほしいままにしていたという。

「ふふん、ただの大食漢か」

鼻先で笑ったイルテリシュは、何を思ったか、蛇どもに向かって歩み寄った。蛇どもはそれぞれひとりずつの不幸なチュルク兵の頭蓋をたたきわり、脳をむさぼり喰っている。

イルテリシュの豪剣が一閃した。

「わっわっ、何をするか⁉」

仰天したガズダハムが絶叫したとき、蛇王の左肩から生えた蛇は、緑色の粘液を噴き出して、宙を飛んでいた。イルテリシュの剣で両断されたのだ。

緑色の粘液が飛散し、付着した場所からは、しゅうしゅう音をたてて緑色の蒸気が噴きあがった。

「この蛮人めが！　何度めの不敬か。蛇王さまのご寛恕にも限界があるぞ。八つ裂きにされ、全身の骨をくだかれるぞ。おのれの愚かさを地獄で後悔するがよい！」

ガズダハムの罵声を黙殺して、イルテリシュは片足をあげ、のたうちまわる蛇の頭に振りおろした。蛇の頭は踏みつぶされ、粘液を飛散させた。イルテリシュの軍靴から煙があがる。

「ほほう、斬り落としても、また生えてくるか。たしかに厄介ではあるな」

イルテリシュの言葉どおり、蛇王の左肩から何かが生え、伸び、蛇の形をとりつつあった。再生しているのだ。

「傷口を焼きつぶすか、肩ごと斬り落とすか……おい、チュルクの孺子」

イルテリシュに声をかけられて、あえぎながらジャライルは、「はい」と応えた。

「きさまにとっては見るに耐えぬ光景だろうが、どのみち、きさまの同胞どもは助からん。あの傷と出血ではな。生きている間に、できるだけチュルクの現在のようすを尋き出して、死んだら涙の一滴でもたむけてやれ」

「は、はい……」

二匹の蛇は、一日一食の習慣を守る性質らしい。それぞれひとりずつの脳を喰いつくすと、他の屍体は放っておいて、蛇王の肩の上でおとなしくなった。

「こ、こら、何をいうか。パルスはどうするのじゃ。汝の責務は蛇王さまをお輔けしてパルスを荒廃せしめ、パルス人を殺しつくすことぞ」

「わかったわかった、いずれパルスをきさまにとって理想の土地にしてやる。血と涙の沼にな。だが、その前にチュルクだ」

イルテリシュは、硫黄の煙ごしに蛇王ザッハークをながめやった。全裸ではなく、牛革の甲らしきものをまとい、腐食しない黄金の冠を着けている。ただ顔は判然としない。両眼を閉ざし、顔の下半分は黒いちぢれた剛毛におおわれている。身は自由になったはずだが、一言も発しないのが不気味だった。ジャライルは四人の傷ついた兵をていねいに並べている。

「チュルクの人口は、どれくらいだ？」

いきなり問われて、はじかれたように、ジャライルは振り向いた。

「は、はい、正確には存じませんが、八百万から一千万ぐらいかと」

「ほほう、山だらけの国にしては、けっこう多くの人口を養っておるではないか」

「河谷や盆地が各処にあって、土地は肥えております。山では山羊やヤクを飼えますし、岩塩や砂金が採れ、森からは高価な毛皮や薬草が……」

「むきにならんでよい。おれも貧乏な国の王になる気はないし、チュルクはトゥラーン再興の途上の獲物にすぎぬわ」

イルテリシュは胸中で計算していた。人口一千万の国なら、最大で三十万の兵を動員できるであろう。数だけそろえても意味はないから、十万ばかりを選抜し、再編成し、鍛錬(れん)して、パルスへとなだれこむ。イルテリシュがいなくなれば、チュルクは混乱し、離反するかもしれぬが、知ったことではない。

昂揚するイルテリシュの姿を見やって、魔道士ガズダハムは、いまさらながら危惧(きぐ)と警戒の念を禁じえなかった。蛇王ザッハークの道具として生まれかわらせたはずの男が、傀儡(かいらい)としてガズダハムに隷従(れいじゅう)するどころか、日に日に不羈(ふき)横暴になっていく。蛇王さまに訴(うった)えて膺懲(ようちょう)していただきたいところだが、現在のところ意思の疎通(そつう)がはかれず、歯ぎしりするばかりである。

それどころか、イルテリシュは魔道士を見てこういった。

「いまさらいうのもおかしなものだが、きさまも妙なやつだな。おれがまずチュルクを制して大軍をもよおし、パルスを征服すれば、結果として文句はなかろう」

「チュ、チュルクなど、どうでもよいわ。申したであろう、汝の責務は、蛇王さまのもとで、パルスを流血の沼にすることなのだぞ！」

VI

イルテリシュは指先であごをかいた。

「なぜパルスだけにこだわる？」

「な、なぜだと⁉」

「そうだ、パルス以外に、地上にはいくらでも国があろうが。それらの国々を、蛇王さまとやらのために征服してさしあげようとは思わんのか？」

ガズダハムは仰天して、声も出なかった。彼はひたすら、カイ・ホスローの子孫どもから蛇王の聖なる領土をとりかえすことしか考えていなかったのである。

大音響がひびきわたった。岩盤が震え、頭上から砂礫が降ってくる。熔岩の流れのなかで小さな爆発が連鎖し、灼熱の渦がはじけ、火の柱が高く低く立ちのぼった。

「絶景だな。おれたちだけで見物しているのはもったいない」

「あ、あの風景も、蛇王さまのお力によるものぞ。その偉大なお力を畏れぬか」

「偉大な力だと認めてもよいが、浪費しているとしか思えんな。十万の敵を火の海に呑みこむ、とでもいうならともかく」

イルテリシュの両眼は赤くかがやいてくる。そこから熔岩が一直線に噴き出して、ガズダハムを灼きつくさんばかりである。認めてはならないことだが、魔道士は気をのまれた。

「あの有翼の猿どもを、チュルクに送りこむ。チュルク人どもは山岳の険にたよって、西側の国境の護りを薄くしておる。山ごえで空から一気に国都ヘラートをおそえば、カルハナめとて、なす術はあるまい。どんな名将であろうと対応できまいが」

聞いていたジャライルは、めまいにおそわれた。イルテリシュの豪語は虚言と感じられなかった。

自分はチュルク人だ。カルハナ王の冷酷を憎みこそすれ、チュルクはなつかしい母国で、家族だけでなく知人もいる。山奥で砂金とりにはげんだり、早朝から深夜まで山羊の世話に務めたりしている人々の頭上から、醜怪な有翼の人食い猿どもが奇声をあげておそいかかり、食い殺していく。そのような光景を想像すると、心が冷えた。

自分はカルハナ王への報復に目がくらみ、故郷の人々を裏切ろうとしているのではないか。

「このような場所におっても、蒸し殺されるか焼き殺されるかだ。おれたちは牛でも羊でもない。外へ出るぞ」

ガズダハムは頭巾ごしに頭をかきむしった。

「な、何を申すか。我らはここにとどまって、蛇王さまのおんために奉仕するのじゃ。イルテリシュよ、汝には道理が通じぬのか」

「道理が聞いてあきれるわ。では好きにしろ。きさまひとり、この場に残って、奉仕でも貢献でもするがよい。おれは出る。レイラ、ジャライル、ついてこい」

名を呼ばれて、ふたりはうなずいた。レイラは無表情で。ジャライルは顔を引きつらせて。

喚(わめ)きたてるガズダハムを置き去りにして、歩み出したイルテリシュだが、ふと足をとめた。

「そうだ、ひとつだけすませておこうか」

「何をする気だ」

「ほれ、あの岩棚の上の柩(ひつぎ)だ。だいじな柩なのだろう？　おれにはこけおどしの道具としか思えんが、このまま熔岩にのみこまれてしまってよいのか？」

「あっ、それはならぬ。そんなことになっては、我らの破滅ぞ。何とかしろ」

「だろう？　だから安全な場所に運び出してやろうというのだ。それとも、めんどうなら火の沼に蹴落としてやろうか」

「何をぬかすか、不敬者め！」

ガズダハムは喚いた。イルテリシュと対話していると、自分は良識家なのではないか、という、とんでもない錯覚を抱(いだ)きそうになる。

「だったら、すこしはてつだえ。おれを罵倒するばかりが、きさまの忠義ではなかろうが」

揺動をつづける岩を力強く踏みしめながら、イルテリシュは、人骨でつくられた柩へと近づいていった。岩棚はよほどに強固らしく、くずれるようすもないが、近づくのは困難であった。土砂は降りそそぎ、大小の石が足もとにころがってくる。地面自体がうねり、波立つようだ。

それらの妨害をたくみにかわし、岩壁に手をそえながら、イルテリシュはついに柩の置かれた場所にまでたどり着いた。忌まわしく思いながら、内部を確認せずにはいられない。魔道士ガズダハムが何やら喚きつづけるのを聞き流しながら、イルテリシュは、人骨を組みあわせた白い蓋に手をかけ、ゆっくりと開いて、内部をのぞきこんだ。

「おう、こやつは……こやつは……？」

剛腹なイルテリシュの声に、めずらしく困惑のひびきがまじった。柩のなかに横たわる人物を見て、「生前」の記憶が刺激されたのだ。ただそれは、漠然としたもので、イルテリシュの脳裏に明確な像を描き出さなかった。

彼自身は自覚していないが、蛇王ザッハークの血はイルテリシュの心身の内部深くを侵していた。かつてのトゥラーンの親王は完全に自分をとりもどしてはいなかったが、それもイルテリシュのなみはずれた強靭さがあればこそで、凡人ならとうに悶死していたにちがいない。それはレイラにもいえることであったが。

「ガズダハム！」

突然、呼びかけられて、魔道士は思わずとびあがった。イルテリシュの声ではなかったが、では他の何者が彼を呼びすてにしたのか。

周囲を見まわして、ガズダハムは叫んだ。

「おお、グルガーン！　グルガーンではないか、いままでどこにおったのだ」

「何やらひどい面相(めんそう)になったな」

人情のひとかけらもない台詞(せりふ)が返ってきた。

「見よ、見てくれ、蛇王さまが再臨なさった。復活なさったのじゃ。ついに、我らが待ち——待ちこがれていた日が来た。苦労が、く、苦労がようやく報われたのじゃ」

舌をもつれさせるほどに、ガズダハムは興奮したが、グルガーンは同調しなかった。むしろ、冷徹な視線で周囲をひとなでし、巨像のごとき蛇王ザッハークの姿をくりかえしながめた。やがて失望の息を吐き出し、聞こえよがしに舌打ちする。

「どうしたのだ、グルガーン？　何か気になることでもあるのか」

「歓(よろこ)ぶのはまだ早い、ガズダハム」

「なぜだ？」

「あのお姿を見ろ」

グルガーンの指が、蛇王ザッハークの姿をさす。崇拝の対象を指さすなど非礼のきわみだが、ガズダハムに、とがめる余裕はなかった。

「どこかがおかしいというのか？　ちゃんと両肩に蛇も生(は)やしておられる。そうそう、すでに蛇は食事もすませたぞ」

「おかしいとは申しておらぬ。まだ早いと申しているのだ」

「おまえの悪い癖だ。もったいぶらずに、はっきりと申せ！」

魔道士ガズダハムは不快そうにいったが、それはまるで地上の健全な人間どうしの口論のようであった。グルガーンは、同志の単純さにいらついたかのようで、口調が一段ときつくなる。

「もし蛇王さまが完全に復活なさったら、あのていどの熔岩、すぐに消しておしまいになろう。ご衣装とて、あんな粗末なもののままではないはずだ」

「そ、それはそうだが……」

「まだ完全に覚醒(かくせい)なさっておわさぬのだ。おそれおおいが、あの動作も、たしかなご意識あってのものとは思えぬ」

グルガーンの視線が動いた。

「ガズダハム、あの人間どもは何者だ？　人間でありながら蛇王さまにおつかえ申しあげる輩か?」

崩壊しそうでしない地下空洞のなか、イルテリシュは平然と腕を組み、グルガーンの突然の出現に対して眉ひとつ動かさずにたたずんでいる。レイラも長い棒を立てたまま動かない。彼らは動かないのだが、動けずにいるのはジャライルで、グルガーンの出現におどろいてくれたのは、じつは彼だけだった。

「ひとりはおぬしも知っておろう。イルテリシュだ。他のふたりは、まあ、お供だな」

「役に立たぬなら、さっさと殺してしまえ」

「まあ、そう性急になるな」

ガズダハムが同志をなだめた。

「イルテリシュめは傲岸不遜でどうしようもないやつだが、あれでなかなか将才がある。ただ騒ぎたて、殺して食うだけの有翼猿鬼どもを、けっこう使える軍隊に育てあげたぞ。パルス軍もシンドゥラ軍もさんざん苦戦させたし、チュルク軍にいたっては……」

グルガーンは冷たい笑みで応えた。

「妙にあのトゥラーン人をかばうではないか」

「か、かばってなどおらぬわ!」

ガズダハムはどなった。これまで幾度、イルテリシュに殴られたかわからぬ。イルテリシュをかばう義理など何ひとつない。熔岩のなかへ蹴落としてやりたいくらいだ。ただ、イルテリシュの功績が否定されると、さんざん苦労してきた自分が、全否定されたような気になってしまうのである。

「だいたい、グルガーンよ、お前がひとりでかってに動くゆえ、おれひとりで苦心して、あのトゥラーン人を御さなければならなんだのだぞ。あげくに片目までうしない……」

「おれが苦労していないとでもいうのか」

彼ら両名は、暗灰色の衣を着た年齢不詳の魔道士の弟子である。七名いたのが五名まで殺され、最後まで生き残ったのが、この両名であった。

かけがえのない無二の同志であるはずだが、ぶつかりあう視線からは、憎悪に似た火花が散乱するようだった。恐怖と嫌悪につつまれながら、ジャライルはそれを看てとった。

「……こいつらが相食めば、隙を見て、レイラさまをおつれして逃げ出せるかもしれない……」

ジャライルの目的は、ヘラートの牢獄にとらわれている家族を救出することである。だが自覚せぬうちにそれはすこしずつ変質をとげつつあるようだった。

Ⅶ

宮廷書記官アサンガは、羊皮紙を大きくひろげ、自分で記したばかりの文章を読みあげた。

「かしこくも、わがシンドゥラ国の国王(ラージャ)であらせられるラジェンドラ陛下におかせられては、このたび、隣国パルスへの親征を挙行あそばされ、赫々(かっかく)たる成果をあげたまえり……」

ラジェンドラ王は威風堂々、ペシャワールに入城したが、そのとき北方より蛮族チュルク人の軍隊が卑怯にも奇襲をかけてきた。ラジェンドラ王は最初、苦戦したが、正義はかならず勝つ。わがシンドゥラ軍は将兵こころをあわせてチュルク軍を討ち、これをことごとく討ちはたした。首級と捕虜をあわせ、その数じつに三万の大勝利である。残念ながら、わが軍の忠勇(ちゅうゆう)なる兵士たちにも、とうとい犠牲者が出たが、神々のご加護(かご)により、すくない人数ですんだ……。

以下、長々と読みあげてしまうと、アサンガはラジェンドラ王の顔色をうかがった。

「こんなものでいかがでございましょう」

「ふん、まあよかろう。さっそく正式な文章にして、誰ぞに国都(ウライユール)までとどけさせよ。それと……」

カーヴェリー河の渡河(とか)準備をいそぐ味方に、白馬の背上(はいじょう)からラジェンドラは命じた。

「勝利の証(あかし)として、チュルク兵の首級を十ばかりとってこい。甲冑(かっちゅう)をよく見て、なるべくえらそうなやつの首を選ぶのだぞ」

「こころえましてございます。ところで陛下、もしまだ生き残った者がおりましたら、いかがいたしましょう？　捕虜にして連行いたしますか？」

「そうだな……」

ラジェンドラはかるく口もとをゆがめた。捕虜もまた勝利の証であり、奴隷にも人質にもなる。本来なら使途(つかいみち)があるのだが、今回の場合、彼らは戦いの生き証人となる。チュルク軍がラジェンドラに敗れたのではないことを知っている。国民(くにたみ)に洩(も)らされてはまずいが、傷つき倒れているチュルク兵を鏖殺(おうさつ)するのも、あまり気分のよいものではない。

バリパダ将軍が、自分の馬を数歩前(すす)めて、ラジェンドラに並んだ。

「陛下、臣(しん)にひとつ考えがございますが、奏上(そうじょう)のお許しをいただけましょうか」

「よい考えがあるのなら、遠慮はいらん、申してみよ」

「では申しあげます。事は簡単、捕虜の舌を抜くのでございます」

「舌を抜く!?」

「はい、そういたせば、捕虜どもは一生、よけいな証言をしたくともできなくなります。いかがでございましょう?」

「……うーん」

智勇兼備のバリパダに対して、ラジェンドラが隔意と用心をおぼえたのは、このときがはじめてであった。結局、ラジェンドラが奸雄ぶっても限界があったのだ。欲は深いが、あまり残忍なことはしたくないのである。

「ま、そこまでせんでもよかろう。首だけでも勝利の証としては充分だし、ひとりひとり舌を抜くのもめんどうだ。いや、しかし、おもしろいことを考えるものだな、即位以来、そなたほどたのもしい臣下は、はじめて得た。以後もよろしくたのむ。信頼しておるぞ」

「おそれいりましてございます」

うやうやしく礼をほどこして、バリパダは国王の御前からしりぞいた。ラジェンドラは河へ視線をうつし、人や馬や象の動きをながめた。

「たのもしいやつにはちがいないが、捕虜の舌を抜くなど、よく考えつくな。おれにはとても模倣できんわ」

ラジェンドラは悪寒におそわれて首をすくめた。自分が舌を抜かれ、血まみれの口で誰にも聞こえない悲鳴をあげつづけるという光景を、つい想像してしまったのだ。ラジェンドラにかぎらず、人間とは奇妙なもので、丸ごとの生首を見るより、耳や鼻や舌など、顔の一部が損壊されるのを見るほうが、より不快感や恐怖をおぼえるものらしい。

「バリパダが味方であってくれてよかったわい。もし敵であったなら……」

不意にラジェンドラは愕然とした。自分自身の言葉で、脅かされたのだ。バリパダはたしかにたのもしい臣下である。だが、もしあの忠実そうな顔の下に、どす黒い野心が秘められていたらどうであろう。ラジェンドラ自身、異母兄弟と戦って王座に即いたのだから、国王の権力が神聖不可侵などではないと知っている。

「いやいや、いかんいかん、有能な臣下を猜疑するようなことがあっては、名君の呼称にふさわしくない。まったく、バリパダには今後も活躍してもらわねばならんからな」

名君を自認するラジェンドラが、首を横に振ったとき、何度めのことか、またしても大気が震え、大地がうねった。白馬が怯えの声を発し、ラジェンドラは、「わわわ」と沈着な名君らしくもない声をあげて馬体にしがみついた。顔を横に向けて北方の山々を見る。

見る必要もないほどだが、やはり見ずにはいられなかった。何事もないときは薄青く静まりかえっているはずの山は、赤く煮えたぎりつつ煙を噴きあげている。風がないので灰は飛んでこないが、そのかわり黒炎は魔神の矛のように高く高く天を突き刺していた。

「アサンガ、おるか⁉」

「はいはい、ここにひかえておりまする」

国王に呼ばれた書記官は、驢馬で駆けよってきた。といいたいところだが、驢馬は馬より大胆なのか鈍感なのか、地震に怯えるようすもなく、のんびり歩いてくる。

そのことに気づいて、アサンガは驢馬からおり、自分の足で小走りにやってきて、国王の前に片ひざをついた。

「陛下、お呼びに遅れました罪、何とぞお赦しを」

「怒るのもばかばかしいわ。そんなことより、あの山だ、ほれ」

「デマヴァント山でございますか」

「いったいどんな山なのだ？　予はペシャワールからカーヴェリー河のあたりにかけては、幾度も自分で足を運んだが、地震になど一度もあっておらんぞ」

アサンガの左右の眼球が、くるくると勢いよく回転した。

「ごもっともでございます。この三百年にわたって、あの山が火を噴いたという記録はございません。もちろん、わが国だけの記録でございますが、パルスに赴いたわが国の者からも、そういった報告はなかったようでございます」

「では歴史上はじめてのことか」

「いえ、それが……」

「もったいぶるな。さっさと申せ」

「はいはい、三百年以上前、パルス建国のころには、しばしば火を噴いていた、と、これはパルスにつたわる説話でございます」

「というと、わが国の建国のころか」

「はい、さようで」

シンドゥラ暦はパルス暦より一年長い。だがこれは歴史的事実ではなく、ラジェンドラのご先祖が、パルスへの対抗意識から捏造したものである。ラジェンドラもアサンガもそのことを知ってはいるが、口に出したらお終いというものだ。

「で、どんな説話なのだ」

「それが他愛もないものでございまして……」

「お前の感想はどうでもよい」

「はいはい、申しあげます。あのデマヴァントなる山の地底深くには、おそるべき怪物が封じこまれておりまして、山が火を噴き、大地を揺るがすとき、パルスには大いなる災厄がふりかかるであろう、と……」

「それで？」

「それだけしかわかりませぬ」

アサンガはおそれいって拝跪した。

「たしかに他愛ないな。よし、もうよい、さがれ」

さいわい地震はすでにおさまっていた。バリパダの冷静な指示で、渡河の作業がはじまり、兵士たちに叱咤された象たちが、こわごわ水中へはいっていく。

「さて、このあとどうするか」

シンドゥラ国内に向けての処置はすでにとった。戦死者の遺族には弔慰金を支払う。チュルク軍潰滅の功績は、空飛ぶ悪鬼どもから横どりする。やつらが抗議してくるわけもない。痛いのは、四百頭の象軍のうち、ほぼ半数をうしなったことで、生き残った象たちも半数が傷つき、無傷の象も怯えて、しばらくは戦いに使えそうもない。

国外に対してはどうか。チュルクに対しては何の義理も借りもないが、パルスに対してはどう調略しよう。当初の計算どおり、無傷でペシャワール城塞を接収してしまえば、あとはいくらでも強気に出られた。だが城はいたましいほどの惨状、デマヴァント山は火と煙を噴きつづけ、地震はくりかえされ、またあの悪鬼どもがいつ来襲するかわからない。二、三千の兵を残して城を守らせても、とうてい対抗できるとは思えない。いたずらに兵を死なせるだけだ。

チュルク国がつぎにどのような策(て)を出してくるかもわからない。カルハナ王は曲者(くせもの)である。三万もの兵を、ほとんど事情も知れぬままうしなって、そのままにしておくはずがない。第一、国王としての権威にかかわる。いずれは、かならず何らかの形で危害を加えてくるにちがいない。

ラジェンドラはあらたな悪寒をおぼえた。まさかとは思うが、チュルクがあの空飛ぶ悪鬼どもと手を組むようなことになったら、どのように対抗する？　チュルクと一対一で対峙(たいじ)するなら、さほど恐れもしないが、あの悪鬼どもには、ずいぶん手をやきそうだ……。

やがてラジェンドラはひざをたたいた。

「忘れておったわ。こういうときこそ、お人好(ひとよ)しの利用価値があるというものだ」

第二章　金貨の価値

I

「世界一お人好しの国王が、世界一の悪党どもを臣下にしている。パルスは妙な国だ」

そう毒づいたのは、隣国シンドゥラのラジェンドラ王だが、「世界一お人好しの国王」は十九歳の誕生日もすぎ、即位して満四年を迎えていた。

「解放王」アルスラーンの治世のうち、最初の三年は、平和の回復と、荒廃した国土の再建、経済の再生に費(ついや)され、奴隷は解放され、貧民は救済され、めざましい成果をあげた。もともと侵略者ルシタニア軍を完全に駆逐しての即位であり、それだけでも賞賛されるに充分な業績であったが、王都の地下に邪教の神殿が発見され、有力な諸侯(シャフルダーラーン)であったオクサスの領主家が亡(ほろ)び、功臣ザラーヴァントが殺害されるなど、このところ翳(かげ)りがちらつく。

当のアルスラーンの心境はといえば、彼の瞳ほどには晴れわたっていなかった。ダリューンやエラムが心配そうな表情で自分を見ていることに気づくと、アルスラーンは内心、苦笑して、うなずいたり、明るく声をかけたりする。国王としての務めもおこたらない。謁見、裁判、調停、文書や記録への署名、閲兵、会議、算えればきりがない。

九月最後の日、アルスラーンが午前の執務を終えて午睡するのを見とどけてから、ダリューンとエラムは室外の回廊で会話をかわした。

「王都の地下を怪物どもが徘徊し、城司のザラーヴァント卿が非業の死をとげました。庶民の間にも、漠然たる不安がひろがりつつあります。陛下がお心を痛められるのも当然でしょう」

「そのようなこと、臣下たる我らにおまかせあって、すこしは陽気に酒宴でもなされればよいのだがな。美女をあつめて」

「それができる御方なら、私も心配はいたしません」

これは臣下というより友人としての台詞である。王家の血を引かない若者が国王となり、解放奴隷を両親に持つ若者がその親友となる。それが現在のパルスという国であった。「血統と身分こそが国の基」と信じる者たちにとって、パルスは、「存在してはならない国」となっている。

「問題は、そういうやつらが国内にもいるということだ」

ダリューンは舌打ちした。オクサス領で生じた事件の例がある。あのときは、ファランギースとアルフリードがあやうく危害を加えられるところだった。奴隷解放も、奴隷主や奴隷商人の怨みを買ったし、解放された奴隷たちが生活にこまり、盗賊団をつくって強盗と殺人をしでかしたとき、アルスラーンの落ちこみようは見ていられないほどだった。

「現実のもっとも醜悪な一面を見て、理想の全体を否定なさるのですか?」

宮廷画家ナルサスの一言でほどなく立ち直ったが、アルスラーンの気苦労は絶えることがない。ただ、生来のしなやかな気質と、臣下たちに対する絶対的な信頼が彼を救い、前進をさまたげなかった。

たいせつな人を幾人もうしなったが、それは自分だけではない。そうアルスラーンは思っていた。ダリューンは、伯父のヴァフリーズをうしなった。イスファーンは、異母兄であり、生命の恩人であり、育ての親とさえいえるシャプールをうしなった。キシュワードは妻の父であるマヌーチュルフをうしなった。

無数の犠牲をはらって、ようやく手に入れた平和だ。これを絶対に守らなくてはならない……。

午後の執務をはじめたとき、アルスラーンは不意に表情をこわばらせた。気づきたくないことに気づいてしまったのだ。過去にあったことは、未来にもありえる。蛇王ザッハークとの戦いにおいて、犠牲者がひとりも出ないということがありえるだろうか。

ありえない。

アルスラーンは机上の書類に視線を落とした。この日、最後の書類だ。すでにエクバターナ城司トゥースの手がはいったもので、市場内の土地の相続権をあらそう兄弟の訴状である。アルスラーンが署名と押印をすませたとき、エラムがはいってきた。

「なあ、エラム、私は国王として、いままで何をしてきたかな」

「ずいぶん多くのことを成しとげられましたよ」

「エラムがそういってくれるのは嬉しいけど、まだたった四年だ。平和と建設のために、もっと時間がほしいなあ」

エラムはアルスラーンの前に、絹の国渡来の取っ手つきの陶器を置いた。紫色の液体がはいっているが葡萄酒ではない。ザクロの果汁に蜂蜜をいれた温かい飲物だ。

「とにかく蛇王を打倒しておくべきかと存じます。おそれながら、英雄王カイ・ホスローは中途半端であられました。蛇王をデマヴァントの地底に閉じこめるなど、迂遠なことをなさらず、徹底的に亡ぼしておしまいになればよかったのです。そうなさっておけば、陛下はご苦労におよばなかったものを……」

アルスラーンは笑顔をつくった。

「エラムは手きびしいな。英雄王も形なしだ。私もエラムに叱られないようにしよう」

「ご冗談を」

「うん、冗談だよ。だけど、エラムのいうとおりだ。蛇王を完全に亡ぼせば、そのあとは平和と建設に専念できるはずだ。ただ、蛇王を完全に亡ぼすには、多くの犠牲が出るだろう。ルシタニアを討ちはらったときより、ずっと多くの……」

アルスラーンは飲物をすすった。甘さと酸味が絶妙にとけあった温かい液体。それがアルスラーンの胃に和(なご)みをあたえてくれる。

「……エラム、私自身が、その犠牲に耐えられるだろうか」

「陛下」

エラムは声を大きくした。

「おそれながら耐えていただかなくてはなりません。それが国王(シャーオ)の義務でございます」

「エラムはナルサスに似てきたね」

「またご冗談を。私など師の足もとにもおよびません」

「そうかな、似てきたよ。ああ、そろそろ円座(えんざ)の間にいこうか、せっかく時間ができたんだ。誰か来てたら話がしたいな」

アルスラーンは臣下との談話を好み、誕生日を機に、使用されていなかった一室をととのえていた。床に大きな円形の絨毯(じゅうたん)が敷かれ、これまた円形の座蒲団が何十もおかれているので、「円座の間」と呼ばれている。認められた臣下は、いつでも好きかってに入室し、国王がいてもいなくても、談話と茶菓を楽しんでいく。

「あーあ、平和とは退屈なものだ」

「おだやかならぬことをおっしゃる、クバード卿」

「事実だぞ。おぬしもそうではないか、ダリューン」

もうすでに客が来ていた。

クバードは、ペシャワールにおける魔軍との戦いで、高い指揮統率能力を証明した。パルス歴代の大将軍(エーラーン)たちにも、おさおさ劣らない将才だし、年齢も「十六翼将」で最高の三十六歳なのだが、平和になると実力を発揮しようとせず、ひまな遊び人を決めこんでいる。酒に女に歌舞音曲(かぶおんぎょく)、エクバターナを出れば狩猟。

「陛下には、酒と女遊びをおぼえていただかねばならんな。でないとお身体(からだ)もお気持ちも保(も)たんぞ」

というのがクバードの持論で、賛同している者もいた。ただ、クバードやギーヴなみになられてはたいへんなので、「あるていど」とか「節度をもって」とかいう条件つきである。

「ところで、ダリューン、ミスル国はどうなっているかな」

「おや、気になることでも？」

「いや、チュルクにせよシンドゥラにせよ、いずれも東方の国々ゆえ、西のほうはどうなっているかと思ってな」

「どうやら王位の交替があったらしいが」

「ほう」

ミスル国では、客将軍(アミーン)クシャーフルことヒルメスが、軍をひきいてナバタイへと進攻している。そこまでは、パルスの諸将の知るところではない。ただ、アルスラーンが、「征服王」と称される類(たぐい)の君主であったら、諸将はよろこんで馬を駆り、ディジレ河の波を蹴ってミスル国になだれこんだであろう。

エラムをともなって、アルスラーンが姿を見せたので、ダリューンやクバードたちは絨毯から立ちあがって一礼した。アルスラーンが座すると、この日は暇人が多いのか、ファランギース、アルフリード、メルレインらが続々とあらわれた。だが気楽な時間は長くつづかなかった。

「急使によれば、ペシャワール城が攻撃を受けました」

足早にはいってきたキシュワードの言葉が、一同を緊張させた。アルスラーンがまっすぐ大将軍(エーラーン)を見つめる。

「で、攻撃してきたのは何者か」

「シンドゥラ軍、チュルク軍、それに……クバード卿らが戦った魔軍にございます」

クバードがたくましい肩を揺すった。

「何だ、想定していたやつら全部ではないか。どいつもこいつも、宮廷画家どのの掌の上で踊りまわっているとは、気の毒なことだ」

イスファーンが身を乗り出す。

「勝敗はどうなったのでござる、大将軍？　三者相撃って共倒れになったのなら、理想的でござるが」

キシュワードの手早い説明で、チュルク軍はほぼ全滅、シンドゥラ軍もかなりの損害、魔軍は不明——と一同が知ったとき、ジャスワントが駆けこんできた。

「陛下にお報せ申しあげます！　シンドゥラ国の国王ラジェンドラ二世より、陛下にあてて親書がとどきましてございます」

一瞬の沈黙に、ざわめきがつづいた。好意的なざわめきではなかった。

「ラジェンドラが親書だと!?」

「わが領内に侵入しておきながら、どの面さげて親書など……」

「こりもせず、何をたくらんでいるのやら」

「国書」であれば、シンドゥラという国家からパルスという国家へ送られた公文書ということになる。だが、「親書」といえば、ラジェンドラ個人からアルスラーン個人へ送られた私文書になる。

II

受けとったアルスラーンは、口々に何やら主張したがっている諸将の顔を見まわして、目もとに苦笑をたたえた。

「皆のいいたいことはわかるが、まあとにかくまず読ませてくれ。それに、ラジェンドラどのは一国の王だし、礼を失してはいけない」

年下の国王にたしなめられて、ダリューンが咳ばらいした。

「陛下には、友人をお選びになる自由がございますぞ」

「そうだね」

と、アルスラーンはさからわずにうなずき、親書を開いて読みはじめた。シンドゥラの製紙技術は発祥地の「絹の国」にはおよばず、固くて厚い。さほど時間をかけずに読みおわると、アルスラーンは親書をエラムに手わたし、一同のために声に出して読みあげるようたのんだ。

　パルス語で記された親書の内容は、おおむね、つぎのようなものだった。

「東のかたシンドゥラ王国を統べる国王ラジェンドラより、西のかたパルス王国を治める国王アルスラーンどのへ、親しく書面を送る。わが心の兄弟、無二の親友にして信頼する同盟者たるアルスラーンどの、さぞお元気なことと存ずる」

　このあたりで、ちっと舌打ちの音がしたのは、ダリューンかイスファーンかメルレインか。シンドゥラ出身のジャスワントは、いささか居心地が悪そうだ。

　エラムはいったん読みあげるのをやめ、アルスラーンがうなずいてみせるのを見て、音読を再開した。

「さて、アルスラーンどのに報告しておくことがある。報せるかどうか悩んだが、親友のよしみとして、告げることにした。ペシャワール城のことだ」

　諸将は顔を見あわせ、エラムの声に耳をかたむけた。

「貴国にどのような事情があったか、興味はあるが、尋かないでおこう。いずれ話してくれるだろうからな。事実を記せばこうだ。わが国の旅商人が、カーヴェリー河を渡ってきて告げるには、ペシャワール城に人影が見えぬ、と。不審に思って近づこうとすると、北方から軍勢が押しよせてきた。これは、我らの共通の敵ともいうべきチュルク国の、不埒な侵略行為であった……」

「他国のことは、よくわかるらしいね」

と、アルフリードが皮肉り、ファランギースが唇に指をあててみせる。

エラムは親書を読みあげつづけた。

「このような暴挙は、当然、友好国として看過できるものではない。おれはパルスのために、チュルク軍と戦うことを決意した。正直、いささか苦戦したが、正義はかならず勝つ。チュルク軍の数は三万に上り、何やら空飛ぶ怪物まであらわれおったが、わが軍は勇戦敢闘、侵略者をことごとく討ちはたした……」

へへえ、というつぶやきがおこった。

「そこで提案だが、ひとつ条約を結ぶ気はないか。事情があってパルス軍がペシャワール城を守れぬ間、わがシンドゥラ軍が代わりに城にはいり、これを守るのだ。貴国にもいろいろと事情がありそうだし、それが何かということはあえて尋かぬが、不埒なチュルク軍がこのたびの失敗でこりたとも思えぬ。かならずや再侵攻してくるであろう。親友のため、また友好国のため、わが軍は多少の犠牲を惜しむことなく尽力したいと思っている……」

読み終えて、エラムが呼吸をととのえると、たちまちダリューンが腹立たしげな声をあげた。

「まったくずうずうしいやつで……ペシャワール城にいすわり、そのまま乗っとるつもりでございますぞ」

「うん、しかしこれはナルサスの読みの裡ではないか。シンドゥラ軍もチュルク軍も傷を負い、我らは無傷だ……」

アルスラーンが考える表情になると、キシュワードが口を開いた。

「ただ、魔物どもの動きは、ちと意外でございましたな。彼奴らこそ、ペシャワールにいすわるかと思っておりましたが」

「ペシャワールは彼奴らにとって、居心地がよくないのだろうよ。何しろ、あのような地底に何百年も棲んでいるやつらゆえ」

メルレインの言葉に、クバードが答える。

「それも一理あるが、例の魔将軍イルテリシュの思惑が気にならんか、みんな？」

イルテリシュの名が、一同を静まりかえらせた。「魔軍」というが、怪物の群れが軍隊のように行動できるのは、イルテリシュの指揮統率あればこそ。クバードが見ぬいたとおりである。その彼がなぜペシャワール占拠に固執しなかったのか。諸将がそれぞれの表情で考えはじめたとき、

「やあ、ナルサス、来てくれたか」

アルスラーンの声がはずんで、部屋の入口に宮廷画家の姿があらわれた。

「誰かナルサス卿に茶を」

さっそくエラムが茶を淹れはじめる。一礼して、ナルサスは、ダリューンとキシュワードの間に座を占めた。ちょうどアルスラーンの正面になる。

「ラジェンドラ王から親書が来たとのこと、おもしろいことになりそうでございますな」

「あいかわらずの眼力だな」

「なに、反ラジェンドラ派の面々が、そろって不機嫌そうな顔をならべておりますからな。そろそろラジェンドラ王から反応のある時機だとも愚考いたしておりましたし」

「とにかく、さっそくだが読んでみてくれ」

「では拝見つかまつります」

一読したナルサスは、親書を丸めてひざもとに置くと、おもむろに茶を一服した。アルフリードをはじめ、満座の視線が集中する。

「まず陛下にお願いがございます」

「いってくれ」

「金銭が必要でございます。おそれながら、国庫より支出を願いあげます」

「いかほど必要かな」

「さよう、金貨(デーナール)三万枚というところでございましょうか」

「わかった。すぐに王国会計総監(スパンディヤード)のパティアス卿に申しつけるとしよう」

理由も問わず、アルスラーンはうなずく。ナルサスは深く頭をさげて感謝の意をあらわすと、好奇心満々の諸将をちらりと見やった。

「では出費の目的を申しあげます。戦死者への弔慰金(ちょういきん)として、シンドゥラ国へお送りくださいませ」

そう述べてから、ナルサスは、人の悪い目つきで親友を見やった。

「ダリューン、何かいいたいことがありそうだな」

「あるとも。金貨の山より多くな」

「ダリューン、聴(き)かせてくれ」

「陛下、まず私がこの頑固者に説明いたします」

ナルサスはダリューンに上半身を向けた。

「ラジェンドラ王の親書で知るかぎり、シンドゥラ軍がペシャワール城で魔物どもに損害を受けたことはたしかだ。しかも過小に告げている。戦死者が一万人前後いたとして、ひとりあたり金貨三枚は、妥当なところだろう」

ダリューンが反論する。

「だが、それはラジェンドラ王の責任ではないか。欲に目がくらんで、他国の領土を侵し、無人であるのをよいことに占拠しようとしたあげくのことだからな」

「弔慰金はラジェンドラ王が出すべきだ、と？」

「それが筋というものだろう。陛下が金貨三万枚も損をなさる必要はない」

「一方、ラジェンドラ王は金貨三万枚の得をする」

「ますます必要ないことだよね」

アルフリードが口をはさむ。ナルサスが口もとをほころばせた。

「陛下、ラジェンドラ王は迷っております。なぜ迷っているか、それは自分が損をしたのか得をしたのか、現在まだ判断がつかないからでございます」

アルスラーンは無言で首をかしげた。キシュワードとクバードが、それぞれ肩をすくめる。ファランギースは長い睫毛を伏せて考えている。

ほどなくクバードが口を開いた。

「要するに、自分は得をした、と、ラジェンドラ王に思いこませるわけか？」

「損をした、これからも損をするだろう、と判断すれば、ラジェンドラ王はカーヴェリー河の東へ引きさがり、以後、ペシャワール城に手を出そうとはしますまい」

「けっこうなことじゃないか」

「と、ダリューン卿は申しますが、たしかにそれはそれでけっこうなこと。ただし、効果がこれ一回で終わりというのでは、わが国のほうが損をいたしますので」

アルスラーンがくすりと笑った。ナルサスの考えが読みとれたのだ。

「ナルサス卿は、シンドゥラ国の出兵を、これ一度きりで終わらせる気はないのだな。ラジェンドラどのをまだ利用するつもりか？」

「活用いたします」

と、宮廷画家(ナルサス)は微妙に訂正した。

「ラジェンドラ王は、けっして愚昧(ぐまい)なお人ではありません。今回、金貨三万枚を送れば、喜んだあとで、その裏面に何があるか、考えをめぐらすでしょう。すくなくとも、それだけの価値が、ペシャワール放棄という行為にはあるのだ、と結論を出します」

ナルサスは急に視線の角度を変えた。

「エラム」

「は、はい」

「その結果、ラジェンドラ王は、どう動くと思う？　おぬしの予想を述べてみよ」

他の諸将が、いっせいにエラムを注視する。いわゆる「十六翼将(シャーオ)」のうち、豪放なザラーヴァントはすでに亡(な)いが、残る十五人のうち十四人までが国王アルスラーンより年長で、主君と同世代なのはエラムだけだ。いずれはエラムがアルスラーンにとって第一の宿将（しゅくしょう）になる。単なる側近でも武将でもなく、国の平和と戦争に関して、国王と責任を分かちあうべき立場となる。その日にそなえて、エラムは自覚を持つようナルサスに求められ、「はい」と応（こた）えたのだ。

涼しい風が、露台（バルコニー）ごしに吹きこんでくる。それにもかかわらず、エラムの背中に汗が流れた。諸将の視線も痛い。ふと心づいて、エラムは答えた。

「ラジェンドラ王は、カーヴェリー河の東岸に軍を張りつけるのではないか。そう思います」

III

諸将は顔を見あわせたが、深刻な表情ではなかった。「宮廷画家」の弟子が、師匠の難問に対してどう答えるか、好意をふくんだ興味の色が、全員の目に浮かんでいる。アルスラーンはすこし気の毒になった。いわばエラムは公開で試験を受けているようなものだった。

「どうしてそう思う？」

「は、はい、まずナルサスさまがおっしゃったように、ラジェンドラ王は損得の判定に迷っています。ペシャワール城は、数万の将兵を収容できるような状態ではありませんし、空を飛ぶ怪物たちに夜襲でもかけられたら、目もあてられません」

クバードが、にやりと笑った。自分自身の体験を思い出したのだろう。

「では退くか、といっても、なかなかそうはいきません。ペシャワールを占拠するどころか、手ぶらで国都へ帰るのは、ラジェンドラ王の自尊心が許しませんから」

「自尊心というより見栄だな」

と、キシュワードが口をはさむ。声のない笑いのさざ波が立った。

「ふむ、それで、ラジェンドラ王が、カーヴェリー河の東岸にしりぞく、という説の根拠は？」

「軍隊にとって、渡河ほど危険な行動はすくないでしょう。まして、渡河の途中で怪物どもに空からおそわれたら、戦うことも隠れることも容易ではありません。ラジェンドラ王としては、怪物どもが去った隙に、何はともあれ、渡河だけはすませておきたいはずです。そこで彼は、陛下に親書を送る一方、渡河だけは早くすませて、対岸のようすを観望しながら、陛下のご返事を待っているのではないでしょうか。その前に攻撃を受けたら、すぐ撤退できるわけですし……」

この長広舌を、エラムは一気に述べたてたわけではない。ときおり語と語の間隔があいたし、汗をふく動作までした。

「金貨を送るとして、その数は三万枚でよいと私も思います。あまり多く送りすぎると、これは裏に何かある、と、かえって疑惑を招くでしょうから」

「……まあよかろう、ちと甘いが合格点だ。すわっていいぞ」

エラムは気が抜けて、一礼すると、すわりこむというよりへたりこんだ。アルスラーンが笑って、エラムの背をかるくたたく。

「さて、陛下、エラムがいま申したことは、おおむね正しいと見られます。ラジェンドラ王には、甘い汁が吸えた、と思っていただきましょう」

「ナルサスとエラムの意見が一致しているなら、私はそれにしたがうだけだな。金貨三万枚と親書を、ラジェンドラどののもとへ送るとしよう。使節は……」

「ぜひ私が！」

打てばひびくように、ダリューンがひざを前めた。ちらりと大将軍キシュワードのほうを見やったのは、過日、地下の暗黒神殿を捜索する際、後方待機を指示されたことに対する意趣返しであろう。

アルスラーンはかるく首をかしげた。

「ダリューンにわざわざ往ってもらうまでのことはないと思うが……」

ナルサスが人の悪い笑みを浮かべた。

「いえ、陛下、本人が望んでいることでございますし、ラジェンドラ王に対しても、陛下のご誠意をしめすことになりましょう。それに、猛獣はときどき放し飼いにするほうがよろしゅうございます」

「おい、誰が兇暴な野獣だ」

「そこまでいっとらん」

さんざん争論したあげく、ダリューンを正使、イスファーンとジムサを副使とする使節団の派遣が決定した。ただし、イスファーンのおともである狼の「土星」は、今回はつれていかない。他国の王者の前に狼を出すのは、礼節をそこねる恐れがあるからだった。


「今日はナルサスが来なかったねえ」

「絵と称するものを描いておいでなのじゃろう」

「不思議なんだよねえ。ナルサスはあんなに何でもわかるのに、どうしてあれだけは……」

「対象を把握する能力と、それを表現する能力は、どうやら別のものらしいな」

使節団の派遣が決定した翌日、アルフリードはファランギースとつれだって、心地よい秋の陽の下を歩んでいた。とある辻までくると、ファランギースが立ちどまった。

「では今日はここで別れよう。ナルサス卿によろしくな」

「え、ファランギースはいかないの？」

「わたしはすこしいそがしいのでな」

「……って、あたしひとりでナルサスの館にいくの⁉」

「じゃま者がいなくて、よいではないか。それに重要な案件じゃ。誰にも遠慮はいらぬ」

「だって、それじゃ、ファランギースは？」

「どうも忘れられているようじゃが、わたしは女神官だぞ。ときにはミスラ神やアシ女神の神殿に詣でて、修行をはたさねば、資格をとりあげられてしまうではないか」

ファランギースは微笑し、アルフリードの顔をのぞきこんだ。

「そなたが心を入れ換えて、女神官の途を選ぶというなら歓迎するが、どうじゃ、結跏趺坐して、ミスラ聖典を二、三巻詠んでみるか？」

「い、いいよ。あたしは落第生だからさ、ファランギースのじゃまするといけないし、あたしひとりでいってくる」

ファランギースのかろやかな笑声を背に、アルフリードは大いそぎでナルサスの館を訪ねた。

「え、ええと、宮廷画家ナルサス卿はご在宅であろうか」

「ご在宅でございますが」

「わたしは国王陛下に巡検使(アムル)を申しつかった……」

「アルフリード女卿(じょきょう)でいらっしゃいますな。存じております。主人(あるじ)に伝えてまいりますゆえ、しばしお待ちくださいますよう」

「お、お手数をおかけする」

アルフリードはゾット族の族長の娘として生まれ、四、五歳のころから徒歩や馬で山野を駆けめぐって育ってきた。星空の下、焚火(たきび)をかこんで一族の老女たちから民話を聴(き)くのが娯(たの)しみだった。文字を学んだのは、役人(ダールーゲ)どもの出す手配書を読めないと、こまるからである。形としては大国パルスの宮廷人という地位に昇ってしまったが、貴人あつかいされるのは、いまだに慣れない。

葡萄棚(ぶどうだな)の下の長椅子で待っていると、すぐ館の主が姿を見せた。アルフリードは、兎(うさぎ)がはねるように立ちあがる。

「今日は何の用かな、アルフリード」

「ザラーヴァント卿を殺したやつのことでね」

「それは重大事だが……何か心あたりがあるのか？」

「うーん、心にあたるというか、あたらないというか」

「なるほど、とにかく話を聴こう」

このゾット族の少女——もう二十歳をこえているが、まだ少女っぽさを残している——と出会ってから、もう五年になる。

アルフリードは婦人用客室（アンダルーン）に通された。本来、一家の主婦が使う部屋で、独身男性の家には設（もう）けられぬ部屋だが、そのようなことを気にするナルサスではない。

茶菓を前に、アルフリードは話しはじめた。

「じつをいうとさ、犯人はわかってるんだ。いや、正確にいうと、ファランギースとあたしの意見は一致してる」

「ほう？」

ナルサスは微笑をこらえた。アルフリードはたしか二十一歳。同年齢ですでに三人の子持ち、という女性はめずらしくもない。というより、そちらのほうが大多数である。

「もし、この娘（こ）が、『犯人は判明しておりますの』などという言葉づかいをする女性（にょしょう）だったら、何とかして縁を切っていたろうなあ」

ナルサスの内心を知る由もなく、アルフリードは断言した。

「ナーマルドだよ」

「あの血文字の主だな」

ザラーヴァントの遺体の傍に記された血文字の謎は、関係者たちを悩ませていた。「おれはナーマルドだ」と明記してある以上、記述者について疑う余地はなかったが……。

「あの血文字をなぜ消さなかったのかは、まあわかるんだ。味方が駆けつけたんで、消す暇もなく逃げ出したんだろう。でも、それ以前のことが理解できなくて……」

「血文字でわざわざ自分の名を記したことだろう？」

「そ、そうだよ。何でそんなことをしたのか、それがどうしてもわからない」

バラ水をみたした瑠璃杯をアルフリードにすすめながら、ナルサスは静かに口を開いた。

「アルフリード、そなたには実はわかっているのだろう？　ただ、それを直視するのが、あまりにおぞましいので、何とかもっと別の理由がないか、さがしているのだ」

ナルサスの指摘は正しく、アルフリードはかるく身をすくめた。まだいいづらそうなので、ナルサスのほうが語りつづけた。

「ザラーヴァント卿は有翼猿鬼どもを追いつめていた。一時期、ひとりになって、その間に背後から殺された。有翼猿鬼は人語をしゃべれず、会話をするなら文字を記すしかないだろう。とすれば答えはひとつ、ナーマルドはもはや人間ではなく、有翼猿鬼(アフラ・ヴィラーダ)になったのだ」

アルフリードは慄然(ぞっ)とした。

「でも、いったいどうやって⁉　どうやったら人を有翼猿鬼(アフラ・ヴィラーダ)なんかに変えることができるのさ⁉」

「それはわからぬ。おれは魔道に精(くわ)しくないのでな」

ナルサスは肩をすくめ、腕を組んで宙を見すえた。

「ただ、絹の国(セリカ)やミスルの古い医学書を読み較(くら)べると、不思議と、似たようなことが記してある。魔道の根源は、いずこの国でもおなじもので、はるか往古(むかし)には、死んだ獣を一片の肉からよみがえらせたり、豆粒ほどの薬石ひとつで十万人の人間を焼き殺したりしていたという」

「十万人……」

「であれば、人を魔に変えたり、その逆も可能だろう。現に鳥面人妖(ガブル・ネリーシャ)は人に化けることができるのだしな」

「でも、それだと、まだいやなことがあるよ」

バラ水を半分ほど一気に飲みほして、アルフリードは、複雑としか表現しようのない表情をつくった。

「あたしたちは、これまで有翼猿鬼(アフラ・ヴィラーダ)を怪物と思ってずいぶん殺してきたけど、もしやつらがもともと人間だったとすると、あんまりいい気持ちがしないよね」

ナルサスはかるく笑った。

「アルフリードはやさしいな」

「そ、そんなことはないよ」

「まあ、それは措(お)いておいて、必要以上に気にする必要はない。やつらの生(お)いたちがどうであれ、現在では、罪のない人を殺し、人肉を喰(くら)う怪物であることにはちがいないのだ。何より望ましいことは、蛇王ザッハークを完全に亡(ほろ)ぼすこと。そうすれば怪物どもも消えうせ、我々もやつらを殺さずにすむ」

ナルサスは冷たい緑茶で咽喉(のど)をうるおした。

「第一、我々は国益がちがうというだけで、他国の人間を数知れず殺してきた。アルスラーン陛下のお人柄のおかげで、ほとんど民衆には危害を加えず、武器を持った者どうしの闘いでおさめることができたわけだが、それを思えば、乳児(あかんぼう)や幼児(おさなご)を喰う魔物どもを誅(ちゅう)するのに、悩むことも迷うこともない。安心して、弱い人々を守るために闘ってくれ」

「うん、わかった!」

晴れやかな表情でアルフリードが応(こた)える。

「伝承にすぎぬが……」

ナルサスがまた腕を組んだ。

「蛇王ザッハークは、聖賢王(せいけんおう)ジャムシードを殺し、人の世を千年にわたって支配したという。ジャムシードの治世も千年間つづいていたというが、両者が治世した二千年の前に、人の世はどのような状態であったのだろうか……」

両眼を閉じて考えにふけっていたナルサスが目を開くと、室内には誰もいない。あわてて宮廷画家は召使いを呼んだ。

「アル……いや、お客人はどこへいった？」

「もうお帰りになりました。ご主人さまのおじゃまになりそうだから、と、そうおっしゃいまして」

Ⅳ

十月にはいって、パルス国は、五月と並ぶ最良の季節を迎えていた。不穏な気配はあるものの、王都エクバターナの繁栄は、表面上、おとろえの兆(きざ)しも見えない。無数の人、馬、車が往（ゆ）きかうなか、十歳くらいの少女の腕のなかで目をみはって喧騒（けんそう）をながめているのはアイヤール。三歳を迎えた、大将軍（エーラーン）キシュワードの息子だ。

アイヤールを抱いた少女が、ぺこんと音をたてるように頭をさげた。知りあいの男の姿を見つけたのだ。愛想のない表情で歩み寄ってきたのは、トゥラーン出身のジムサ将軍だった。

「やあ、こまかいの（オフルール）、元気か」

そっけない口調で問われた「こまかいの（オフルール）」は、無言で小さくうなずいた。ジムサは、パルス語の適切な表現に困惑して、あごをなでていたが、袖に手をいれると、油紙のつつみをとり出した。アイヤールを抱いた「こまかいの（オフルール）」に向かって差し出す。

「食え」

一言いうと、踵（きびす）を返して歩き去ってしまう。少女がアイヤールを抱いたまま片手で油紙を半（なか）ば開いてみると、ハルワがいくつかはいっていた。麦芽（ばくが）と砂糖を入れて焼いた小麦の菓子だが、干葡萄（ほしぶどう）や胡桃（くるみ）の実がはいった高級品である。

女性の声がした。

「あら、おいしそうなお菓子ね。誰からいただいたの？」

「こまかいの（オフルール）」は両手に幼児と菓子をかかえて、こまったようすだったが、結局、両手を前方へ差し出した。去っていくトゥラーン人の背中を見て、女性はうなずいた。大将軍（エーラーン）キシュワードの夫人ナスリーンである。買物の大きな籠（かご）をかかえて、ふたりの侍女がしたがっている。

「よかったわね、ジムサ将軍は気にかけてくださっているのよ」

ナスリーンに頭をなでられて、「こまかいの（オフルール）」は小さくうなずいた。ナスリーンはアイヤールの身体（からだ）を「こまかいの（オフルール）」の手から抱きとろうとしたが、少女は頭を横に振って、アイヤールを抱きなおした。この子を守るのは自分の役目、と、子供心に思いさだめているようだった。ナスリーンは微笑し、「こまかいの（オフルール）」と侍女たちをつれて家路をたどった。

西から東へ、エクバターナから東方国境への旅程は、平和から動乱へ、安寧から不穏への旅となった。豊かな実りの平原は、しだいに荒廃の色を濃くし、公路を往来する旅人たちの表情も陽気さをうしなっていく。

「デマヴァント山がとうとう大噴火しました」

「東風の日は、煙や灰がここまで流れてまいります」

「毎日、地震がおこり、それも日ごとに回数が増えております」

道々、地元の役人たちの報告を聴きながら、ダリューンたちは馬を前めた。三万枚の金貨は、丈夫な袋につめこまれ、五頭の驢馬によって運ばれる。五十騎の兵がそれにしたがった。

「民衆があつまると、かならずデマヴァント山の話が出てきますが、このごろ蛇王ザッハークの名をささやく者があらわれました。人々は怯えはじめております」

そう聴かされるとダリューンたちは応じた。

「みだりにザッハークの名を称える者には、きびしく戒告せよ。国王陛下は、軍を動かし、被災者を救恤し、公路を修復する準備を、すでにととのえておられる。おぬしらはそのことを民衆につたえ、動揺せぬよう諭してくれ」

役人たちはひとまず安心したようだが、旅をつづけるダリューンたちの後姿を見送ると、また心細げな表情になるのだった。

ソレイマニエの町に着く。大陸公路の要地である。つねに賑やかな町で、このときは、ひときわ賑やかなようすであったが、実態はちがった。そう見えたのは、人、馬、驢馬、駱駝、それに各種の車が町の外まであふれかえっていたからだが、その理由は、

「大陸公路が地震、地すべり、落石などで寸断され、通行できない」

からであった。今年の夏は、パルス史上まれなほどの長雨で、やはり公路の交通がとど

こおった。今度は別の理由だったが、どんな事情があろうとも、大陸公路の安全と便利さを守るのが、パルス国政権の重大な義務なのであった。

ダリューンたちは公人だから、宿泊する場所にはこまらないし、通行の順番も優先される。当然のことではあるが、宿もなく野宿する旅人たちを見ていると、どうにも気分がよくない。事情を調べるため町に出ると噂(うわさ)の洪水であった。

「デマヴァント山が、大噴火をおこした!」

「蛇王ザッハークが、ついに復活したぞ!」

「ありとあらゆる怪物どもが、地獄から這(は)い出してくる!」

「おそろしい世の中がやってくるぞ!」

地震や噴火への不安に、旅をさまたげられる不満や、宿が満員で泊まる場所のない怒りが加わって、民衆の声は大きくなっていく。

「国王(シャーオ)のせいだ!」

突然、ひときわ大きな声が他の声を圧してひびきわたった。ダリューンは鋭い眼光を声の方角へ向けたが、揺れ動く人波のなかで、声の主を見さだめることはできなかった。

「何で国王さまのせいなんだ?」

問いかける声に、いくつもの声が反応する。

「現在の国王は、英雄王カイ・ホスローの血を引いていない！」

「どこの誰ともしれぬお人だ」

「この国をルシタニア軍から解放した、といいながら、王位を自分のものにしたのだ」

「王位を簒ったんだ」

「簒奪者だ！」

ひと声ごとに、アルスラーンに対する悪意が増していくようだ。もともとは公路の災害に対する不満だったはずだが、急速に変質しつつある。

「おのれ、何者が不埒なことを……！」

憤激して駆け出そうとするイスファーンを、ダリューンが制する。

「待て、うかつに手を出すな」

「なぜおとめになる。やつら、このままいけば、民衆を煽動して、陛下に対する暴動をおこしかねませんぞ」

「あやつら、陛下が地震をおこしたとでもいう気か」

ジムサが吐きすてた。またダリューンがなだめる。

「おれたちが、やつらに手を出せば、国王の配下が民衆の口封じをした、ということになる。陛下のお立場が悪くなるぞ」

イスファーンは反論できなかった。

「ええい、では、どうすればいいのです!?」

「汚らわしい言葉の聞こえぬ場所にいくしかないな」

ダリューンは宿へもどりはじめた。その横顔に、烈火のごとき怒気がみなぎっているのを見て、イスファーンとジムサは、その胸中を察した。誰よりもダリューンが憤激しているのだ。

彼らは宿にもどり、自分たちの部屋に酒と料理を運んでもらった。食事をしつつ語りあう。

「まったく、宮廷画家どのの炯眼にはおそれいりますね」

「陸路がこのありさまでは、ペシャワールとの往復に一カ月ほどかかる。しかも、さらに悪化するだろう」

「救援も、維持するのも、困難をきわめる……海路の必要性が、どんどん高まるでしょうな」

「ギランの港町が、さらに栄えそうだ」

「ギランか……一度いってみたいな」

ジムサが突然、遠くを見る目をした。

「おれは生まれてから一度も海というものを見たことがない」

「じきに見られるさ。それにしても、陛下を誹謗していたやつら、まったく腹が立つ」

イスファーンがうなった。麦酒の酔いがまわってきたのだ。

「パルスの人口は約二千万。百人にひとりが陛下に悪意を抱いても、二十万人になる」

「百人にひとりですめばよいが……」

「ひとたび恐慌がおこれば、連鎖反応が生じて、十倍、二十倍と膨れあがっていく。そうなると、誰もとめられぬ。彼ら自身も」

麦酒の味が、ひときわ苦く感じられる。イスファーンはカバブを口に放りこんだ。

「最大の問題は……」

ダリューンがかるく首を振った。

「わかっている。狂乱した民衆に武器を向けることを、陛下は承知なさらぬ」

「理不尽とは、このことだ。ルシタニア軍を追放し、奴隷を解放した国王が、なぜ民衆に悪くいわれねばならぬ？　実績より血統か？　ばかばかしいにもほどがある」

飲むか食べるかしゃべるか、若いイスファーンは口を動かしどおしである。酔眼を先輩に向けて、イスファーンは問いかけた。

「ダリューン卿のお考えは？」

「おれは陛下をお守りするだけだ」

「何があっても？」

「対手が民衆であっても？」

「関係ない。陛下に刃を向ける者、すべておれの敵だ」

ダリューンは言い放った。その意思表明は単純だが迫力と真実性にみちており、他のふたりは微塵も疑う気をおこさなかった。

「たとえ、おぬしたちでもだぞ」

イスファーンが若々しい眉をあげた。

「ご冗談にしても、それはひどうござる、ダリューン卿。我らが陛下に刃を向けるなどとは、ありえないこと。侮辱ですぞ」

ダリューンは、酔ってはいても真剣な後輩を見やって苦笑した。

「そうだな、出来のよい冗談ではなかった。ゆるせ」

その場は、あっさりとおさまったが、じつは言ったほうも言われたほうも承知している。冗談としては不出来だったが、真実としては一片の誇張もいつわりもない、ということを。

下の階からは、談笑する声やどなり声がかすかに聞こえてきたが、意味はわからなかった。ひととおり食事がすむと、めずらしくジムサが先刻の話をむし返した。

「我らの志もダリューン卿に劣らないつもりではあるが……」

「陛下のことだ、民衆を殺すくらいなら、ご自分がお生命(いのち)を絶たれるほうを、お選びになるかもしれぬ」

「不吉なことをいうな！」

ダリューンににらまれたイスファーンは、恥じいってうつむいた。酔いがすぎた。

「国王(ハル・ラヴァート・シャーオ)に祝福あれ！」

すこし抑揚のあやしげなパルス語でいって、麦酒の大杯を差しあげたのはジムサである。その意を察して、ダリューンとイスファーンも大杯をかかげ、ひと息に飲みほした。これから先の旅程が思いやられたが、どのように不快な出来事(できごと)も、たいせつな情報となるであろう。

V

黒衣黒甲黒馬のパルス騎士の姿を見て、シンドゥラ兵の間からざわめきが生(しょう)じた。

「猛虎将軍(ショラ・セーナニー)……！」

猛獣といえば、大陸公路の西の砂漠や草原には獅子(シール)が棲息(せいそく)する。東の密林や山地には虎が棲(す)む。生物の棲息に関しては、シンドゥラが中央にあたり、獅子と虎の双方が棲んでいた。

シンドゥラの興行師たちの一生の夢は、

「絹の国(セリカ)の虎と、ナバタイの獅子を、闘技場で対決させること」

であり、この大仕事をなしとげた者は、「大興業主(マハー・カタプラム)」と称して尊敬される。

「おう、ダリューン卿ではないか。よく参(まい)った」

ラジェンドラはみずから本陣の門まで白馬を前(すす)めて、パルスからの使節を迎えた。ダリューン、イスファーン、ジムサは馬をおり、地に片ひざをつく。

「こいつの首を盆の上にのせて、アルスラーン陛下の御前に献上したら、さぞぺらぺらと、おれたちの悪口を並べたてるだろうな」

そのような内心を押しかくして、ダリューンはうやうやしく礼をほどこした。

「このたび、わが国王(シャーオ)アルスラーンよりの勅命(ちょくめい)をこうむり、シンドゥラ国王(ラージャ)のおんもとへ使節として参上いたしました。親書(しんしょ)の他に、陛下への礼物(おくりもの)を持参しております」

「それはご苦労。で、礼物とは？」

礼物と聞いたとたんに、ラジェンドラの声がはずんだ。

「金貨三万枚でございます」

「なに？　それは真実か」

ラジェンドラとて、体裁というものを心得てはいるのだが、ついつい声が上ずり、頬の肉がゆるむ。

「よろしければ、本陣内にてすぐにも、御覧にいれたく存じます。おそれながら、本陣内へ運びいれるお許しをいただけましょうか」

「おう、もちろんだとも。アルスラーンどのよりの使節を、予が拒むはずがあろうか。さ、そなたらも馬に乗るがよい。シンドゥラ人は、遠来の客をけっして粗末にはせんぞ」

ラジェンドラの白馬と、ダリューンの黒馬とが並んで本陣内へはいっていくことになった。

「いや、アルスラーンどののご厚意、まことにありがたい。何しろ、たいへんな戦さであったゆえの」

「ですが、みごとにチュルク軍を潰滅せしめたもうたとのこと。さすがはラジェンドラ陛下、と、わが国王も賞賛しておりました」

「あ、いや、チュルク軍は貴国軍にくらべて弱い敵だが、しつこい上に人数だけは多くての。正直ちと手こずらされたわ。何ごともそうそう楽にはいかぬな」

こんな礼物など受けとる理由がない、などと、心のせまいことをいうラジェンドラではない。まして、友情を金貨という形であらわされては、「心の兄弟」の善意を信じるのみである。

ただ、ひとこと苦言を呈した。

「ダリューン卿、ちと、みずくさいではないか。わが国と貴国とは、友好で結ばれた仲。ペシャワール城から兵を引きあげる旨、あらかじめ伝えておいてくれたら、予もよけいな心配をせずにすんだのに」

「まことに失礼なことをいたしました。わが主君も気にしておりましたが、急な事情とて、お報せする暇もなかったのでございます。ご寛恕いただければ幸いでございます」

ナルサスとの悪友づきあいは二十五年におよぶ。必要とあれば、ラジェンドラ相手に、このていどの外交辞令はいってのけるダリューンであった。アルスラーンがいかに善意をもってラジェンドラと友好関係を結ぼうとしているか、さらに述べる。

「ゆえに、このたび、些少ながら金貨三万枚を用意し、わが国の民と領土をチュルクの魔手よりお救いくださいました国王陛下に対して、礼物とした次第でございます」

「おお、そういうことか」

「礼など不要、と、おおせられるかもしれませぬが、ぜひお受けとりいただき、戦死者や傷病兵の家族の救恤にあてていただきたい、と、わが国王の申しつけでございます。何とぞ、お受けとりくださいませ」

「なるほどなるほど、うむ、理と礼にかなった、りっぱな申し出であるな」

パルス国の事情とは何か、ダリューンは具体的に語らないし、ラジェンドラも問いかけない。機密の最たるものであることは、巨額の金貨にダリューンの護衛をつけてきた事実でわかる。精しく知りたければ、ラジェンドラが優秀な密偵を放つことになるだろう。

突然。

ダリューンの腰から斜め上へ、閃光が奔った。ラジェンドラは口を大きく開いたが声は出ず、顔を引きつらせて馬上でのけぞる。

つぎの瞬間、両断された矢が、左右にわかれて地に落ちた。

ダリューンは顔前に剣を立て、いなずまのごとき眼光を放った。ラジェンドラが半ばあえぎながら、臣下の名を叫んだ。

「バ、バリパダ、何の所業か!?」

弓を手に馬を駆け寄せてきたシンドゥラ人の将軍は、ラジェンドラの前で地にとびおりた。弓を地に置き、片ひざをつき、両手の指を組みあわせると、うやうやしく頭をさげる。

「陛下、何とぞお赦しください。パルス国のダリューン卿にも、ご無礼のきわみ、謝罪してすむことではござらぬが、まことに申しわけござらぬ」

「お会いしたことがありますかな？」

剣を鞘におさめながら、ダリューンが、いつもよりやや低い声で問いかけた。

「その黒衣黒甲黒馬、大陸公路諸国の戦士で知らぬ者がおりましょうか。おぼえず、戦士としての血が沸騰し、おさえることができませんでした」

「おみごとな技倆でござった」

表情を消して、ダリューンは賞賛した。計算ずくの一矢であったことは、見えすいている。挑発に乗る気はなかった。

「国王陛下、バリパダどのにはもう立っていただいてけっこうでございます」

「ああ、そ、そうか。失礼をいたしたな。予からも詫びる。バリパダ、立ってよろしい。しかし、隣国からの正式な使節に対する非礼、二度と赦さぬぞ。今夜は一兵士として、徹宵での宿衛を命じる」

「うけたまわりました」

バリパダも表情を消して深く一礼する。この間、イスファーンはラジェンドラを、ジムサはバリパダをにらみつけて、事あらば一瞬で斬撃を放つかまえであった。

「陛下、私は気にいたしておりませぬ。当方こそ陛下の御前で抜剣し、ご無礼のほど何とぞお赦しください」

「いや、ダリューン卿、いかに友好国としても、けじめはつけておかねばならぬ。予にゆだねてくれ、おお、そうだ」

ラジェンドラは自分の豪華な天幕にダリューンらを招きいれると、臣下に接遇(せつぐう)の準備を命じ、さらに「見せたいものがある」といって、何やら運ばせてきた。豪胆(ごうたん)なダリューンもおどろいた。

「この奇怪な屍体は……？」

「例の空飛ぶ怪物だ。顔といい手足といい翼といい、醜悪のきわみよ。二度と見たくない、といいたいところだが、じつはもう二度めなのだ」

血と土塵(どじん)にまみれた有翼猿鬼(アフラ・ヴィラーダ)の屍体を、パルスからの使者たちは眉をしかめてながめやった。

「夏に、カーヴェリー河を流れ下ってきた。北から南へとな。今回のことを考えあわせると、貴国(パルス)の山、デマヴァントと申したか、あの山から飛来したにちがいあるまい」

「デマヴァント山が……」

「空飛ぶ怪物の群れは、あの山からペシャワールへと襲撃してまいったのじゃ。まこと、忌(い)まわしくもおぞましい姿であったぞ」

ラジェンドラは身慄いしてみせたが、半分は演技ではなかった。おりから酒と料理が運ばれてきたので、食欲を半減させる屍体は運び出されていった。

鶏を辛子で煮こんだクックタユーシャ、野菜の酸味スープであるアムリカースーパ、米に肉や野菜をまぜた牛乳粥などが絨毯の上に並べられるのを見ながら、ダリューンは考えた。バリパダのことだ。こころなしか、あの将軍の指揮を受けるシンドゥラ兵たちも、これまでより規律ただしく、気力に充ちているように感じられる。シンドゥラ国の人口は三千万近く、多少の無理をすれば百万の大軍をととのえることが可能なはずだ。バリパダ将軍とやらに対しては充分な警戒が必要になりそうだった。

米酒で両国の友好と繁栄を祝って乾杯したあと、さっそくラジェンドラが問いかけた。

「で、アルスラ……いや、国王陛下はご息災かな」

「国王陛下のご友誼をもちまして」

「けっこうなことだが、べつに予のおかげでもなかろう」

「いいえ、国王陛下が、わが国王との信義を守ってくださいますゆえ、東方国境は安寧、国王は内政に専念することができます。今後も何とぞわが国と共存共栄の良き関係をつづけていただきたく、このような形で謝意をしめさせていただきました」

「そうか、わかった。親友のせっかくの厚意、無にするには忍びぬ。ありがたく受けとっておこう」

「ありがたく存じたてまつります。私めも無事、勅命をはたして王都へもどることができます」

これで虚礼の交換は無難に終わったが、帰路、パルスの使節たちは、奇怪な光景の目撃者となった。

VI

「おい、あれを見てみろ」

ダリューンの指さす先を、イスファーンとジムサは遠望した。

指先は北へ向き、デマヴァントの山容をさしている。火と煙が天へと立ち上り、熔岩が流れ下る。そこから離れて、黒々とした雲のかたまりのようなものが空を駆けていく。

「あれはいったい……」

「クバード卿たちが見たものだろう。ギーヴやイスファーンも、王太后陛下のお館の近くで見たはず。怪物どもが籠を吊りさげ、おそらくイルテリシュがそれに乗っている」

イスファーンとジムサは目をこらしてうなずいた。ジムサの脳裏に、「親王イルテリシュ」と対峙したときの光景がよみがえった。

「どこへ向かっているのでござろう」

「北東といえば、チュルクとの国境の方面になるな」

ジムサの言葉に、イスファーンが眉をしかめた。

「彼奴ら、チュルクを攻撃するために、山越えをするつもりでござろうか」

「友好の使節団とも思えんな」

ダリューンがいうと、イスファーンが質す。

「ですが、なぜ彼奴らがチュルクを攻撃するのです？」

「さてな……」

魔人イルテリシュの特異な野望と独自の軍略とは、ダリューンらの想像を超えている。

困惑して遠望するうちに、黒々とした魔雲はしだいに遠ざかり、小さくなって消え去った。

「こういうとき宮廷画家がいたなら、もつれた糸をすぐ解いてくれるだろうが……」

ダリューンが溜息をついた。ジムサが無言のまま肩をすくめる。

「かまわないではござらんか」

イスファーンが、声をやや明るくした。

「彼奴らがチュルクを攻撃したら、彼の国は混乱におちいるでしょう。損害もすくなからぬはず。まさか滅亡はしますまいが、痛い目にあえば、しばらくはわが国に手を出してくることもありますまい。さしあたって重畳と申すべきです」

ダリューンは、かるく手綱をとりなおした。

「さしあたってはな。だが、チュルクのつぎは当然わが国が狙われるだろう。チュルクのカルハナ王も曲者ゆえ、怪物どもにどう対応するか、知れたものではない」

「まさか……チュルクが蛇王の一党と盟約するなどと……！」

「先走るな、イスファーン卿、現在ここで根拠もなく想像をめぐらしても益はない。見聞したことすべて、王都にもどって報告すべきだ」

このときジムサが声を発した。

「ダリューン卿、お願いがある」

「何か？」

「おれはあの山に近づいて、よく偵察してみようと思うのだが、どうだろう、許可をいただけぬか」

思わぬ申しこみに、ダリューンが即答できずにいると、遠慮なくジムサがつづけた。

「おれはパルス人ではないから、正直いって、あの山がなぜああも恐れられるかわからぬ。

自分の目でたしかめてみたい」

「当然だ」

ダリューンはうなずき、だが、要請は却下した。

「ただ、我々の使命は一刻も早く陛下のおんもとに帰って復命(ふくめい)することだ。デマヴァント山を偵察するには、充分な準備がいる。あらためてアルスラーン陛下にご許可をいただいてからのことだ。その際には、おぬしを推(お)すゆえ、今回はあきらめろ」

「わかった」

しかたなさそうに、ジムサは承知した。


王墓管理官(ニザル・ハラーフル)フィルダスの評判は、就任以来、悪いものではなかった。だいたい歴代の諸王の墓を管理し、整備さえおこたらなければ、悪くいわれようがない。国王が崩御(ほうぎょ)して礼葬(れいそう)、などという重大な行事のときには、宰相(フラマータール)や大将軍(エーラーン)といった最高官が葬儀をとりしきるので、王墓管理官は墓穴をきちんと掘らせ、出席者の座列をたしかめておくぐらいの仕事しかないのだ。あとは清掃と、夏の雑草処理ぐらいのもので、身分は高いが閑職である。逆にいえば気楽な仕事なので、あまり野心のない貴族や名士が就任するのが慣例だった。

ところが先年のこと。前王アンドラゴラス三世の柩があばかれ、忽然と遺体が消えうせるという前代未聞の不祥事が発生した。責任者が死刑に処せられても不思議ではないほどの兇事である。フィルダスは青くなり、国王の御前でひたすら罪を謝して処罰を待った。

さいわい現在の国王アルスラーンは、臣下の失敗に対しては、いたって寛容であった。アンドラゴラス三世との間に、複雑な関係があった、という事情も、あるいは働いたかもしれない。フィルダスは咎められることなく、地位を保つことになった。

だが、フィルダスが必死になって犯人を捜しつづけても、いっこうに成果はあがらなかった。前王の遺体を盗み出す理由が、そもそもわからない。民衆が王墓に近づくこともありえない。盗賊が副葬品をねらって盗掘することはありえるが、宝石類も、絹の国の翡翠像も、マルヤムの銀の燭台も、ナバタイの象牙の珠も、そのまま残されていた。

頭をかかえてうなるばかりのフィルダスを見て、部下たちはときおり、ささやきあうようになった――王墓管理官さまはよいお人だが、あんまり切れ者ではなさそうだな、まあ切れ者ならもっと要職に就いておいでだろうが。

この怪事件を知って、大いに興味を持った人物がいた。国王の侍従職にあるカーセムである。彼はこれまで、王都エクバターナを遠く離れた土地にいたので、事件のことをまったく知らなかったのだ。

「この事件を解決できれば、出世も早まると思うんだがなあ」

カーセムにとって、出世は当然の前提なので、「出世できる」ではなく、「出世が早まる」という表現になる。功名心が強すぎるともいえるが、感心なことに、他人をおとしいれて出世しようという発想はない。あくまでも、自分で功績をあげて出世しようというのが、この小男なりの心意気である。正確ではないが、「宰相ルーシャンの甥」と称しているのも、自分を他人に印象づけるための努力なのだ。

「しかし墓から屍体を掘り出して、何をしようというんだろう？　おれみたいに健全な良識家には、とてもわからん。ここはひとつ、有名なナルサス卿にでもお知恵を借りたいところだが、相手にしてくれそうもないな」

ナルサスは絵を描くというから、一枚買ってご機嫌をとってみようか。カーセムは、雄将ダリューンでさえ恐れをなすような思案をめぐらせながら、西の市場をあてもなく歩いていた。と、彼より背の高い若い女と、肩をぶつけあってしまった。先に声を出したのは女のほうだ。

「あら、あんた、カーセムじゃない？」

「な、何だ、お前か」

　カーセムと往き（ゆ）あった若い女は、パリザードであった。「紅い僧院（ルージ・キリセ）」以来の仲、というか、腐れ縁である。この女と知りあったときから、カーセムの運命は激変することになったのだ。

「また何か甘い汁を吸いたくて、ちょろちょろしてるのかい」

「ちょろちょろとは何だ、失礼な。だいたい甘い汁なんぞ吸っとらんわ。陛下は質素なお方だぞ」

「でも、まんまと王都の小役人になれたんだろ？」

「小はよけいだ。そんなことより、お前、何をしてるんだ？」

「エステル卿のお墓まいりの帰りだよ」

「……ああ、ルシタニアの女騎士（セノーラ）か。ま、気の毒なことだったな。ルシタニア人にしちゃ、いい女（ひと）だったがなあ」

　ふたりは何となく肩を並べて歩んだ。どちらもまだ王都に知人はすくない。口ではどういっても、なつかしさがあるのだ。

「もっと話していたいけど、羊肉と果物を買って家に帰らないとね。料理の他に、やることもあるし」

「家に帰ったら何をするんだ？」

「ルシタニア語の勉強さ。ドン・リカルド、じゃない、白鬼(パラフーダ)が会話集をつくってくれたんでね」

「へえ、どんな言葉をおぼえた?」

「シ・ド・ラ・マリンガ、とか」

「どういう意味なんだ?」

「金銭(かね)を貸せ、さ」

「もっと上品な言葉をおぼえろよ」

「実用性のほうがだいじだって、パラフーダはいってるよ。あたしもそう思うのさ」

反論というより、のろけになっていた。

Ⅶ

ダリューンらシンドゥラへの使節団が、王都エクバターナへ帰還したのは、十月末日のことだった。予定を七日すぎてのことである。遅れた理由はもちろん、絶えることのない地震、降りつもる火山灰、地すべり、山くずれ、橋の落下などによる公路往来の寸断であった。ダリューンらは国王より拝命(はいめい)した使節だからとて、最優先で通過してきたのだが、それでも予想以上の遅れであった。

その七日間、アルスラーンは朝から夜まで落ちつかなかった。王宮では「パルス史上もっともおっとりした王さま」などと蔭でささやかれているアルスラーンだが、この期間は凡人以下で、用もないのに宮殿内を歩きまわったり、読みかけた書物を何冊も放り出したままにしたり、食卓で杯と皿を同時にひっくり返したり、白紙に国璽をおしそうになったりした。ぼんやり歩いていて、何枚も皿をかかえていた侍従と正面から衝突したとき、常の彼なら、

「ぼんやりしていた私が悪かったのだ。それより負傷はなかったか？」

と、かえって侍従を気づかうのだが、このときはつい叱りつけた。

「気をつけてくれ、危ないじゃないか」

大声でどなりつけたわけではなく、すこし口調を強めただけだったが、王宮内では、

「めずらしくご機嫌うるわしくないぞ」

と、噂になった。

この件で腹を立てたのはエラムで、侍従や女官たちに向かって、

「陛下のご寛容に甘えないように。これまでの王さまだったら首をはねられるところだ」

と説教した。もっとも、侍従や女官の九割以上はエラムより年長だから、エラムとして

も、頭ごなしにどなりつけるわけにはいかなかった。

エラム自身いらついて歩きまわっているうちに、突然、あることに思いいたった。

「しまった！　告死天使（アズライール）がいたのだから、陛下の親書（しんしょ）とダリューン卿の返書とを、運んでもらえばよかったんだ。そうすれば、せめてダリューン卿の消息だけでも早めにわかったのに」

エラムは自分のうかつさを呪い、師匠である宮廷画家（ナルサス）のもとへ駆けつけた。むろん絵を習うためではない。

弟子を迎えて、ナルサスは人の悪い笑（え）みをたたえた。

「ようやく気づいたか。いつ気づくかと思っていたがな」

「面目次第もございません。ですが、現在（いま）からでもまにあいましょう。陛下に申しあげてアズライールを飛ばしていただければ……」

「やめておけ」

「なぜでございます？」

師の意外な反応に、おどろいてエラムが問うと、ナルサスは問い返した。

「エラム、有翼猿鬼（アフラ・ヴィラーダ）がなぜそう呼ばれるか、考えてみろ」

「……？」

首をかしげたエラムだが、師匠の表情を観察して、思わず「あ」と声をあげた。鷹の アズライールが、飛行中に、敵におそわれる危険性を、ナルサスは示唆したのだ。エラムは失念していた。

「二重にも三重にもうかつでございました。恥ずかしゅうございます」

「アズライールのこと、有翼猿鬼の三匹や四匹、歯牙にもかけまい。そういいたいところだが、鳥の寿命は短い。アズライールも、人間ならもうそろそろ、いい老齢のご隠居だ」

ナルサスが指摘するとおり、アズライールは、かつての剽悍さがおとろえはじめていた。アルスラーンの肩にとまって周囲をにらみ、国王の守護を務めようとする姿は、あいかわらず堂々たるものだが、ときおり陽なたで目を閉じているようすは、人間とすれば、現役の戦士というより、長老の印象が強くなってきている。

「まあ、茶でも飲んでいけ。お前が陛下よりいらだっているようでは危なっかしくてたまらぬ」

帰ろうとする弟子を引きとめて、いつのまにか往古の話をはじめた。

「ダリューンが十三歳、おれが十二歳のとき、王妃タハミーネさまがご出産なされた。男児だったゆえ、王太子誕生ということで、国をあげてのお祭り騒ぎになった。事実は……

お前も知るとおりだ」

エラムは無言でうなずいた。事実は、王妃が出産したのは女児であり、無名の騎士夫婦に生まれた男児が、両親から引きはがされて王太子とされた。その前から、今日の事態ははじまっていたのだ。

王太子の誕生を祝賀して神殿が建立(こんりゅう)され、そこに少女時代のファランギースが女神官としてつかえ、長じてギーヴと出会い……今日の解放王アルスラーン軍の母胎(ぼたい)が誕生したのである。

「人の縁とは不思議なものだ。おれは子供のころから奴隷制度に反対だった。だが、エラム、おれの父がお前の両親を奴隷として所有していなかったら、お前と出会うこともなかった」

「私が陛下におつかえすることもございませんでした」

師のもとから王宮へもどったエラムは、うれしい驚きに直面した。ダリューンらが無事にエクバターナに帰って来たのである。今度はエラムは、城門までみずから迎えに飛び出そうとするアルスラーンを引きとめるのに懸命になった。

「ダリューン、よく帰って来てくれた」

「ご命令より七日も遅れました。違反の罪、お赦(ゆる)しくださいませ」

「何をいうんだ。さあ、こちらへ来て、くつろいでくれ。話はその後でいい」

これにはダリューンも苦笑して、結局、茶菓を前に「くつろぎ」ながら復命(ふくめい)することになった。

ダリューンたちからの報告は、覚悟していた以上に、アルスラーンをおどろかせた。

「アドハーナの橋も陥(お)ちたというのか」

「ソレイマニエより東は、もはや公路の体(てい)をなしておりませぬ。多くの旅人、隊商(キャラバン)が立(たち)往生(おうじょう)の体でございます。当地の役人は、公路の修復に努(つと)めるとともに、旅人たちをなだめすかすのに必死でございますが、旅人たちにも予定があることとて、なかなか納得してもらえませぬ」

報告を聴(き)き終えると、若い国王(シャーオ)は、自分より一歳だけ若い侍衛長(ケシュタク)に声をかけた。

「エラム」

「はい、陛下」

「ソレイマニエ近辺の公路を、大々的に修復する必要がありそうだ。宰相(フラマータール)、王国会計総監(スパンディヤード)、それ以外の文官たちを集めてくれ」

エラムがかるく眉をひそめるのを、アルスラーンはすばやく看(み)てとった。

「意見があるならいってくれ、エラム」

「はい、お許しを得て申しあげます。ダリューン卿の報告は正確だと思いますが、とすれば、公路を修復しても、すぐまた通行不可能となり、人手と費用をついやすだけではないでしょうか」

「修復してもむだだというんだね」

「はい、この際、海路に重心を移してはいかがでございましょう。エクバターナとギランとを結ぶ街道をこそ、かたく守るべきかと……」

「エラムの意見は理にかなっている」

アルスラーンはそういって、「だが」と、つづけた。

「私なりに考えたんだよ。大陸公路はパルスの民にとっても、パルス以外の諸国にとっても、単なる街道ではない。もっと大きな意味を持っている。だろう？」

「はい、たしかに」

「その大陸公路が災害におそわれ、通行できなくなりつつある。それなのに、わが国が何も対策を立てようとしなかったら、民はどう思うだろう？」

「あ……」

「たしかにむだかもしれない。それでも、やる必要があると思うんだ。すくなくとも、そういう姿勢は見せておかなければ、民は国を信じてくれなくなるだろう」

エラムは赤面した。

「私の考えが浅うございました。陛下のご深慮、私などのおよぶところではございません」

「おだてないでくれ、エラム。ダリューン、他の皆も、さぞ疲れたろう。今日は家に帰って、何日でも休んでから、好きなときに出てきてくれ」

寛容すぎる許可を得て、一同は退出したが、ダリューンはその足でナルサスの邸宅へ直行した。屋内の各処に置かれている「作品」をなるべく見ないようにしながら客間へとみちびかれる。ダリューンの話を熱心に聴いたナルサスは、シンドゥラ国のあたらしい将軍に興味をしめした。

「バリパダというのか。シンドゥラの東方を平定したとはなかなかのものだな」

「今後やっかいな存在になるかもしれん」

「心配ない。必要とあらば、ラジェンドラ王の耳にはいるよう、流言を飛ばせばよい。バリパダ将軍が国軍の全指揮権を得て、謀叛をたくらんでおります、とな」

「ラジェンドラ王が信じるかな」

「半々だな。だが、信じるような状況をつくり出せばよい。ダリューン、おぬしに向かって矢を放った一件でもわかる。バリパダが自己顕示欲の強い人物であることがな。その種の男は、敵よりも味方に憎まれる場合が多いものだ」

「たしかにな」

諸国の歴史に、よくあることだ。主君から猜疑（さいぎ）された実力者は、主君によって粛清（しゅくせい）されてしまう。

「わがパルス軍の真の強さの原因を、他国は知らない。それは智略でも武勇でもない。国王と臣下との信頼関係だ」

ナルサスの言葉に、ダリューンはうなずく。

「チュルク国のカルハナ王あたりには、絶対、想像もつかないことだろうな」

「猜疑心（さいぎしん）が服を着て玉座にすわっているような男だからな。ああいう男は、自分が非情な手段で玉座を手にいれたから、他人もそうだと信じている」

「自滅してくれれば、ありがたいことだ」

彼らは地上の人間であり、天上の神々ではない。ゆえに、知る由（よし）もなかった。彼らが会話をかわしていた時刻には、すでにチュルク国王カルハナは、前代未聞の事態に直面した後だったのである。

第三章　天鳴地動（てんめいちどう）

I

チュルクの国都ヘラートは、パルスの王都エクバターナほどに殷賑をきわめる大都会ではない。それでも、有名な十六層の階段宮殿をあおいで、広大な市場には人と家畜がひしめき、リスやテンの毛皮に、水晶の工芸品、ソバ粉のパンに蜂蜜、乾した果物などが並ぶ。大きな岩塩の塊を客の要求に応じて小刀で削り、適当な量にして売っているのは塩の商人だ。

カルハナ王は臣下に対しては冷酷かつ厳格であったが、民衆に対してはかくべつ暴君ではなかった。いますこし租税が軽ければ、名君といわれたかもしれない。刑罰が重いためか治安はよく、役人の不正もすくないので、好かれてはいないにせよ、支配者として相応の敬意は払われていた。

きびしい冬を前にして、ヘラートでは秋の収穫祭の準備がはじまっている。庶民たちの楽しみは、その年につくられた新酒の飲みくらべ競技、小刀で岩塩を削って造形された彫刻の展示、山車(だし)をくり出しての踊りなどで、国内いたるところから人々が集まり、その賑(にぎ)わいと熱気は、階段宮殿の最上層までたちのぼる。

階段宮殿の一層から十層までは、完全に城塞化(じょうさいか)されている。だが、十一層から上は、さすがに宮殿の名にふさわしく、空中庭園の花々には日光が降りそそぎ、噴水が虹をつくる。窓からは爽涼(そうりょう)たる風が吹きこむ。カルハナ王の家族や侍女たちは、地上から隔離された安全なこの場所で、カルハナ王のご機嫌を気にしつつも、地上の風景を見おろし、飛来する小鳥に餌(えさ)をやり、嶺々(みねみね)の間に姿を消す落日の光に感歎しつつ日を送っていた。

瞼(まぶた)をひくつかせるていどの表情の変化さえ見せなかったが、カルハナ王の内心はおだやかではなかった。ペシャワール攻略のために派遣した三万の兵は、ひとりとして帰還しない。勝敗はおろか、持久戦(じきゅうせん)になったとの報告すらない。シンドゥラ軍を対手(あいて)に、苦戦におちいったとしても、まさか全滅したとは思えなかった。

「何があったのだ」

いくら考えたところで、想像だけでは限界がある。カルハナ王は、百名の兵士を選抜し、十組に分けて偵察に出すことにした。五組は騎馬、五組は徒歩で、武器は持つが甲冑(かっちゅう)はまとわず、敵を見ても戦ってはならぬ、ひたすら状況を調べ、生きて還って精(くわ)しく報告せよ、と厳命した。このあたりの緻密さはカルハナならではであったが、ひとつだけ、致命的な欠点があった。

遅すぎたのである。

十月十五日。

青玉色（サファイア）の空は晴れわたり、一片の雲も見られない。まだ秋の涼気は冬の冷気を力強く押しのけており、陽光もおだやかに地上をあたためている。

階段宮殿を警固するチュルクの将軍はビサリスクといった。無能ではない。カルハナ王が宮殿の警備を無能者にゆだねることなどありえない。だが、最初の報告を受けたとき、ビサリスク将軍の反応は鈍かった。

「空に雲があらわれました」

「雲？　それがどうした？」

ビサリスクは、バターをとかしこんだ紅茶の杯を卓上におき、報告に来た兵士をにらみつけた。

「それが異様な雲でございまして……いえ、あるいは鳥の大群かとも思えますが」

「だとしても、べつに兇兆（きょうちょう）でもあるまい」

ビサリスク将軍は苦々（にがにが）しげに立ちあがった。兵士たちの無用な騒ぎを、カルハナ王に知られたら、冷厳な叱責（しっせき）を受けるのはビサリスクである。その前に兵士たちをどなりつけておこう、と、空中庭園に大股で歩み出たビサリスクであったが、その足が急停止した。口を大きく開いたのは、兵士たちをどなりつけるためではない。

急降下してきた雲は、身の毛もよだつような音で大気を引き裂いた。雲が音をたてるはずはない。雷鳴でもない。それが重い翼のはばたきと、狂乱したような魔獣の叫喚だと知ったとき、ビサリスク将軍の背中を悪寒が走った。猿の顔、狼の牙、コウモリの翼をそなえた、無数の空飛ぶ怪物の群れ。

「何をうろたえておる!?　迎え撃て！」

毅然として命じたつもりであったが、不覚にも声がうわずった。だが、それに気づくような兵士はいない。敵意と恐怖をあらわに、絶叫しつつ、怪物に立ちむかいつつあった。恐怖しつつも逃げ出さないのは、カルハナ王の軍律ゆえであった。逃亡兵は、どのような理由があろうとも、かならず死刑なのである。闘って死ぬほうがましであった。

空中へ向けて、槍や直刀が突き出される。鉄でつくられた死の林である。それらは、降下する怪物どもの下肢や翼を傷つけ、血を飛散させた。苦痛と怒りの絶叫がわきおこる。

果敢な攻撃も、だが、秩序を欠いていた。個々の兵士が、夢中で武器を振りまわしているだけで、組織的な戦法を指示する者がいなかったのだ。その立場にあるのはビサリスク将軍であったが、このような異様な敵に直面しては、なす術がなかった。

「ひくな、ひるむな、闘え！」

悲鳴と怒号の上を、中を、猿の顔とコウモリの翼を持った怪物どもが飛びかう。舞いあがり、急降下し、叫喚をあげて着地したかと見れば、右へ左へと跳躍し、回転する。チュルクの兵士たちは、怪物どもの翼になぎ倒され、爪で引き裂かれた。牙で頸の血管を噛みちぎられ、足で顔面を蹴りくだかれた。噴出した血が、紅い噴水となって空中庭園の花の色を消し去っていく。

最初、兵士たちは頭上で武器をふるっていたが、腕を高くあげて動かしつづけるのは困難であった。呼吸が乱れ、疲れた腕を下げたその瞬間におそわれ、致命傷を受けるのだ。いくつかの大籠が着地し、人影があらわれたが、当初、ビサリスクは気づく余裕がなかった。

これまで、諸国の政治や軍事にたずさわる者たちは、つぎのように語っていたものだ。

「チュルクは国そのものが天然の要害で、外部から侵入するのは不可能だ」

「パルス軍は〝アルスラーンの半月形〟によってチュルク国内を縦断したが、あれは一度きりの戦法だ」

「チュルクが南北の出入口を完全にかためてしまったからには、二度めはない」

「今後、じわじわとチュルクは力をたくわえ、パルスとシンドゥラをおびやかすだろう」

だが、誰が想定しえたであろう。空からの攻撃などを。

国境の要塞も役立たなかった。盆地ごと、谷ごとにきずかれた砦も無益だった。峻険な山岳も、パルス軍さえ舌を巻く精強な山岳騎馬隊も、すべて虚しかった。背後から心臓を直撃されたのだ。

空中庭園でくりひろげられる血なまぐさい殺戮に、多くのヘラート庶民が気づいたが、ひたすら茫然と、はるか高処の攻防を見あげるだけである。

乱戦死闘の渦中に、レイラもいた。

レイラはみごとな技倆を見せていた。得意の棒をふるって、チュルク兵を突き倒す。回転させて後頭部を一撃したかと思うと、脚を払って転倒させる。

地底に棲まわされていたころに較べて、別人さながらだった。陽の光をあびて、半死者が活力を回復したかのようだ。オクサスの谷では、ファランギースやギーヴに遅れをとったが、それは対手の力量がレイラを凌いだからであって、凡百の兵士がとうていおよぶところではなかった。

かろやかに、半ば舞うように足場を変える。一カ所にとどまって敵を待つようなことはなく、走り、跳び、躍っては、チュルク兵を倒しつづけた。

あざやかなまでの勇姿だが、レイラの胸中には暗雲がうごめいていた。自分が闘っていることはわかる。そのことに喜びすら感じていても、どこで何のために闘っているか、それがわからない。考えようとすると頭に激痛が走る。ゆえに、考える暇をみずからにあたえることなく、彼女は棒をふるいつづけた。

「か、怪物どもめが……」

ビサリスク将軍は肩で呼吸しながら、周囲を見わたした。彼の足もとには、三匹の有翼猿鬼(アフラ・ヴィラーダ)が自身の毒血にまみれてうずくまっている。奇怪な石の塊のようにも見えた。ビサリスクが憎々しげに屍体を踏みつけたとき、その前にひとりの男が立ちはだかった。

「ひとりで三匹殺したか。なかなかやるな」

イルテリシュである。その声には、場ちがいな喜びがあった。この「トゥラーンの狂戦士」は、強敵の血に飢えている。両眼には肉食獣の喜色(きしょく)があふれていた。

ビサリスク将軍は歴戦の武人であるだけに、異様な敵の力量を見ぬいた。それ以上に不審だったのは、この敵が、事実上、四年ほど前に滅亡したトゥラーン国の軍装をしていたからである。なぜかを考える間もなく、イルテリシュが躍りかかってきた。刃と刃が激突し、両者の間に火花が乱れ咲く。だが、十合におよばず、勝敗は決した。

ビサリスクは半ば両断された頸部(けいぶ)から血の滝を噴き出した。ほとんど横にかたむいた頭部の重さに引きずられるかのように、みずからが手にかけた怪物たちの屍体の上に倒れこむ。

「つぎは誰だ？　誰が対手になる？」

血に渇いた魔人が咆える。イルテリシュ自身は、白昼堂々、一国の軍勢を敵にまわして剛剣をふるう快感に酔っていた。トゥラーンの勇士たる者は、はてしなくひろがる蒼穹の下でこそ、馬を駆り、剣をふるい、矢を射て、敵を討ちとり、その財宝を奪うものなのだ。馬はおらず、空も周囲の嶺々にかこまれて狭いが、これはしかたない。ともかく暗黒の地底とは、まさしく天地の差。

ほどなく空中庭園のチュルク兵は最後のひとりまで斃れ、勝ち誇った有翼猿鬼どもは、不幸な獲物たちの身体に、咽喉を鳴らしてむらがった。

II

狂喜して人血と人肉をむさぼる有翼猿鬼の群れをながめやって、イルテリシュは鼻を鳴らした。

「いまわしい悪鬼どもだが、食糧の心配をせずにすむのだけは長所だな。戦場で現地調達できるのだから、世話がいらぬわ」

　だが、そう悠長なこともいえなくなってくる。チュルク兵の屍体を喰(くら)いつくすと、有翼猿鬼(アフラ・ヴィラーダ)どもは一般の庶民をねらうようになるからである。もともと彼らは武器も持たず、甲冑(かっちゅう)もまとっていないから簡単に殺せるし、とくに女性や子供の肉は、「やわらかくて旨(うま)い」のであった。

「さて、やつらをどうしたものか……」

　イルテリシュは考えつつ空中庭園から宮殿の内部へと足を運んだ。

　その宮殿の内部では、チュルク人の若者がひとり、狂気に駆られたかのように、剣を振りまわしながら、階段から階段へと駆け下っていた。最下層まで一気に三百段以上を駆け下ると、おどろく獄吏長(ごくりちょう)めがけて突進する。ジャライルであった。

「……あッ、きさまは!?」

　それが獄吏長の最後の言葉となった。左腰の直刀(ちょくとう)の柄(つか)をつかんだ瞬間、ジャライルの直刀が、風をおこして彼の左頸(ひだりくび)に撃ちおろされた。

　血にまみれ、まだわずかに呼吸の音をたてている不運な男の右腰から、ジャライルは鍵(かぎ)束(たば)を奪いとった。

「母上！　お救いにもどりました！」

　叫びながらジャライルは鍵束を鳴らし、重い扉をつぎつぎと開いていった。いくつもの牢から、驚喜した囚人たちがあふれ出てくる。皮肉なことに、囚人たちの群れに揉まれてジャライルの作業は遅れたが、ついに家族の牢を開放した。

「ジャライルです。お迎えに参りました」

おさない弟妹たちが歓声をあげて兄に飛びついてくる。母は無言で、息子の苦労をいたわるようにうなずいた。だが、従兄弟バイスーンの母親である女性の声が、ジャライルの喜びを吹きとばした。

「ジャライルや、そなたの無事はめでたいが、バイスーンはどこにおるのじゃ。ともに帰ってきたのではないのか？　わたしの息子はどこに？」

叔母の顔を、ジャライルは正視できなかった。真実を、どうして告げることができよう。パルスの山中で、意見の相違から斬りあいになり、兄弟同然に育ってきた従兄弟を殺してしまった、などと口に出せるはずがなかった。

「ジャライル、何があったの、話してごらん」

いぶかしく思ったらしい母親からまで問われて、ジャライルは、良心の呼びかけに耳をふさいだ。

「バイスーンは……バイスーンは、山中で馬ごと谷に墜ちて死にました。私は助けようとしましたが、谷が深く、どうすることもできませんでした……」

叔母が顔色をうしない、よろめいた。ジャライルの母がそれをささえようとする。その姿から目をそらせたジャライルは、慄然として立ちすくんだ。信じがたい光景を見たのだ。剣を手にせまってくるカルハナ王のおそろしい姿を。

「亡き父の名を辱しめる裏切り者が！　死ね！」

カルハナ王の剣は、単なる装飾品ではなかった。柄こそ宝石で飾られていたが、刃は彼が単なる将軍であった時代から多量の人血を吸っていた。

おそるべき斬撃を、ジャライルは紙一重でかわした。カルハナ王は国王としての正装をまとっており、袖は長く広かった。カルハナ王が軍装であったら、すくなくとも、ジャライルの左肩は撃ちくだかれていたであろう。

ジャライルは夢中で反撃した。必死の刃は、だが軽々と撃ち返された。刃鳴りが終わらぬうち、重く鋭い再反撃がおそいかかる。受けとめたジャライルの体勢がくずれた。

「殺られる……！」

観念したジャライルの前に、人影が飛び出した。短い絶鳴。顔に降りかかる血の熱さ。ジャライルが見たものは、両手をひろげた母が、息子を守って、カルハナ王の大剣に斬り裂かれる姿だった。

「母上！　母上！」

ジャライルの悲痛な叫びは、母の耳にとどいたであろうか。床に倒れこむ瞬間、息子を見てかすかに笑みを浮かべたようであったが、血の泡を口角からこぼして、二度と動かない。

「おのれ、暴君！」

いまやジャライルにとって、カルハナ王は父親だけでなく母親の仇であった。眼前で見たばかりのカルハナ王の剣技を考慮する余裕もなく、激情を自分の剣にこめ、床を蹴ってカルハナ王に斬ってかかった。

刃をまじえること七、八合。

「未熟者が！」

冷笑とともに、ジャライルの剣は横へ飛び、壁面に突き刺さった。ジャライルが絶望のうめき声をあげたとき、力感にみちた男の声がひびいた。

「国王がみずからの手で臣下の母親を殺すか」

あきれたように、イルテリシュがカルハナ王の血刀を見やった。この魔人でさえ、眼前の光景に鼻白んだようすだった。

「チュルク亡ぶべし！　亡びて新トゥラーン帝国の礎となれ！」

怒号すると同時に、イルテリシュの剛剣が閃光を描いた。そして、彼が今度はおどろいたことに、必殺の猛撃を、カルハナ王の剣は音高くはね返したのである。同時にカルハナ王は可能なかぎりの迅速さで跳びすさり、じゃまになる王衣の右袖をまくりあげた。

「ほほう、これはこれは……」

イルテリシュはうなった。たけだけしい喜色が顔じゅうに浮かびあがってくる。

「先ほどのやつより、手ごたえがありそうだな。おもしろい。おもしろいぞ」

「衛兵！」

舌なめずりするイルテリシュに憎悪の視線を向けたまま、カルハナ王はどなった。猛撃をはね返しはしたものの、対手の強さを一瞬で思い知らされたのである。

「衛兵ども、何をしておる、すぐに参れ！」

返ってきたのは沈黙であった。

カルハナ王も、もともとは勇名高い武将であった。王位を得たのは策謀や調略によってであり、以後は階段宮殿にこもって諸将に指示を下すだけとなった。みずから剣を手にする姿など他人に見せたことはない。

だが、じつは密かに剣の練習をおこたらず、一戦士としての体力も技倆も、最盛期からさほどおとろえてはいなかった。叛乱や暗殺にそなえてのことである。

イルテリシュは大剣から血の雫を振りはらった。

「覚悟しろ。どいつもこいつも、きさまを援けに来る余裕などないわ」

大股に、死の歩みを前めてくる。カルハナ王は無言で剣を持ちなおした。イルテリシュと顔をあわせたことはなく、この獰猛な草原の戦士が何者であるかも知らない。言葉つきから、トゥラーン人と知れるだけだ。だが、彼の王位を簒おうとする者は赦せなかった。

カルハナ王の袖がひるがえり、イルテリシュの大剣と激突した。三回、五回、十回……。

イルテリシュを対手に、二十合以上もカルハナ王が撃ちあったのは、賞賛に値するであろう。だが、かつての勇将も、ついにイルテリシュの猛悍さに屈した。

イルテリシュの大剣が、閃光を描いてカルハナ王の右肘を痛撃し、骨をくだいた。噴血とともに、剣を持ったままの右手が垂れ下がる。王衣の厚さゆえに、完全な切断こそまぬがれたが、防御の手段はうしなわれた。カルハナ王は、無言のままイルテリシュをにらみすえ、胸の中央から背中まで一気に刃を突きとおされても、まだ倒れなかった。

「生命乞いをしなかった。死んでもひざを床につかなかった。殺し甲斐のあるやつだったな」

イルテリシュが大剣を引き抜くと、カルハナ王は両眼を見開いたまま、重々しい音をたて、あおむけに床に倒れた。音もなく、周囲に紅い池がひろがっていく。

「こやつの首は門前にさらすが、屍体は猿どもに渡すな。葬儀などは出さずともよいが、どこかに埋めてやれ」

イルテリシュはジャライルを見やったが、若者は母親の遺体を抱いて、悲歎(ひたん)にくれるばかりである。イルテリシュは舌打ちし、大剣を手にしたまま室外に出た。陽光のまぶしさに目を細める。

「王者の資格は、臣下を冷厳にあつかい、畏怖(いふ)させることだ」

という説がある。その説にしたがえば、アルスラーンやラジェンドラよりもカルハナのほうが、はるかに王者としての資質を持っていた。だが、三人のうち、最初に死んだのはカルハナであった。

パルスの宮廷画家は、「カルハナは意外と早く打倒されるかも知れない」と、悪友には語っていた。だが、それも、「冷厳さに対する臣下の叛逆によって」という想定であった。ジャライルがカルハナ王を殺害したのであれば、ナルサスの予想は完全に的中したことになる。殺害者がイルテリシュであることまでは、ナルサスの、つまり人智(じんち)のおよぶところではなかった。

イルテリシュは地上第一層に出ると、おびえきった衛兵に門を開かせた。門外にひしめいていた庶民が、息をのんで後退する。イルテリシュが彼らに対して、カルハナ王の死を宣告しようとしたときであった。

Ⅲ

「ま、まさか……親王（ジノン）イルテリシュ殿下？」

ひとりの男の呼びかけが、イルテリシュに奇妙な感慨をおぼえさせた。チュルク語ではなく、明瞭（めいりょう）なトゥラーン語であったからだ。

「おれはたしかにイルテリシュだ。して、きさまは何者だ？　なぜ、おれの名を知っておる？」

「お、おお……」

男はあえいだ。年齢は三十代後半というところか。粗末な毛皮の服をまとい、旅塵（りょじん）にまみれていたが、身体（からだ）は強健そうに引きしまっている。

「まことに親王（ジノン）イルテリシュ殿下におわしたか。今日まで生きてきた甲斐（かい）がございました」

イルテリシュは男を門内に招きいれ、いったん門扉（もんぴ）を閉じさせた。

「もうよい、そなたの名を申せ」

「バシュミルでございます。親王におしたがいしていた将軍たちのはしくれでございました。四年前、ペシャワールの戦いで負傷して気をうしない、意識を回復したときにはすでにおそく、ひとり各地を流浪していたのでございます」

「狂戦士」と呼ばれ、「魔将軍」と忌みきらわれるイルテリシュだが、故国トゥラーンや同胞に対する想いは深い。というより、彼にとってそれが人間と称しえる証であった。

「うむ、その名には憶えがあるぞ。苦労をかけたようだな、おれが王者として腑甲斐ないばかりに。恕せ」

「もったいないお言葉。それがしの苦労など、親王のご苦難に較べれば、ものの数ではございませぬ。太陽神のおみちびきによって、ふたたびお遇いできましたからには、ぜひともまた、おつかえさせていただきとうございます。トゥラーン人としての生命をかけて」

旧い部下から受ける忠誠は、美女や美酒よりイルテリシュを酔わせた。彼は、ひざまずいている男の手をとって起たせた。

「もちろんだ。望みをかなえてやろう、今日からおれにつかえよ」

「おお、ありがたき幸せ」

「そなたを新生トゥラーン国の将軍にしてやろう。だが、おれの期待に背くなよ。トゥラーンには無能者は不要だ」

「それでこそ親王におわします。私めも、おつかえする甲斐があると申すもの」

「よし、では命じる。チュルクのおもだった文官どもを、この部屋に集めろ。さからうやつは斬れ」

「うけたまわりました」

一礼すると、バシュミルは、喜々とした歩調で退出した。このときイルテリシュは、彼なりにバシュミルの才覚を試すつもりであった。どうやってチュルク兵をしたがわせるか、いかにして文官たちを集め、つれてくるか。結果はイルテリシュを満足させた。たいして待つ間もなく、バシュミルの命令を受けて百人近い文官が集まり、イルテリシュを地下の国庫に案内したのだ。

「山国なりに、貯めこんだものだな」

掠奪者の目で、イルテリシュは財宝の山を見わたした。絹の国からパルスまで、諸国の金貨銀貨がいくつもの大箱に詰めこまれている。黒テン、銀ギツネ、高山ヤギなどの高価な毛皮類も山をなし、これまた高価な薬草をつめた壺も、数知れず並んでいた。

「おい、国庫を管理する責任者は誰だ」

廷臣たちは顔を見あわせたが、ほどなく、やたらと平たい顔の中年男が前み出た。というより、周囲に押し出されたという恰好である。

「わ、私めでございます」

「名は？」

「チャ、チャヤマンドと申します」

「チャチャヤマンドか、チャヤマンドか？」

イルテリシュは揶揄したが、すぐ笑いを消して、大剣の鞘で床をつついた。

「どちらの名でもかまわんが、きさまに命じる。国庫の中の財宝、一割を残して、あとは全部、将兵と庶民どもにくれてやれ」

「こ、国庫を開くのでございますか」

「異議でもあるのか」

「い、いいえ、ですが、国庫を開放してしまったら、今後の予算はどういたせばよろしいのでございましょう」

作戦が完璧に成功して、イルテリシュは上機嫌であった。でなければ、チャヤマンドの首と胴は、その場で永別することになったであろう。

「心配するな。パルスの王都エクバターナには、ここの十倍も金銀財宝が満ちあふれておる。遠からず、きさまらは金銀の海で溺死することになるぞ」

イルテリシュは哄笑した。彼は勝利者として、どこまでもトゥラーン流をつらぬくつもりである。より多くを奪い、より気前よく分配する。

「宮殿の地下には、十年間、籠城できるだけの食糧も貯えられてございます。大麦、小麦、ソバ粉、塩漬けの肉、燻製の魚……」

「魚？　チュルク人は魚を食うのか？」

トゥラーン人は魚を食しない。三百年もの間、異なる環境で歴史を紡いでいれば、かつての同族でも食習慣にもちがいが出てくる。

「ま、かまわん。おれが食うわけではないしな。食物も半分は貧乏人どもにくれてやれ。おれには酒だけでよい」

「…………」

「返事はどうした？」

「か、かしこまってございます」

じつをいうと、チャマンドはこれまで宮廷の書記官のひとりであるにすぎず、重臣というわけではなかった。だが、妙な成りゆきから、いつのまにか文官の代表にされてしまった。吉か兇か、揺れ動く彼の胸中など、イルテリシュの知ったことではない。

「バシュミルよ」

「はい、親王」

「じつはひとつ気になることがあってな」

　イルテリシュが旧い部下に諮問（しもん）したのは、有翼猿鬼（アフラ・ヴィラーダ）たちのことであった。「人食い猿どもの親分」などと思われていては、チュルク支配にさしつかえるのである。

「私めに一案がございます」

「早くいえ」

「はい、あの翼のはえた猿どもを、まとめて他所（よそ）へやってしまうのでございます」

「他所？　どこだ」

「パルスでございます」

　イルテリシュは眉をしかめた。

「やつらを他所へやるのは妙案だが、パルスはおれの獲物だ。あまりやつらに荒らされるのも本意ではないのだがな」

「親王、お考えくださいませ。あの猿どもは、どこまでも悪鬼妖魔の類（たぐい）。まともな兵士ではございませぬ。このたびヘラートを占領できたのは、あくまでも親王のおみごとな指揮があってこそのもの。やつらだけで征（い）かせれば、パルスの強兵に勝てるはずがございませぬ。一方、パルス軍も猿どもに勝ちはしても、多少の損害は受けましょう」

「ふん、もし、うまくいかなかったら？」

「万が一、うまくいかなかったとしても、親王には何の損もございませぬ。そう愚考（ぐこう）いたしますが、いかが?」

イルテリシュはバシュミルをあらためて見やり、哄笑した。

「よし、気に入ったぞ。もともと無一物だったおれだ。失敗したところで、うしなうものは何もない。あやうく忘れるところであったわ。バシュミル!」

「はっ」

「これはカルハナめの剣。とにかくも一国の王を称した者の剣だ。汝にこれを授ける。これより、新トゥラーンの上将軍(アンダルム)を名乗るがよい」

「あ、ありがたき幸せ……」

感激に慄(ふる)えながら、バシュミルは、差し出された剣を、両手でおしいただいた。上将軍とは、トゥラーンでも貴族以上の身分の者にしかあたえられない称号であった。

「では、バシュミル、今後のことで話をするとしようか」

「こ、こら、待て」

魔道士ガズダハムが叫んだ。口角(こうかく)から泡がこぼれ落ちんばかりの興奮ぶりである。

「何だ、きさま、いたのか」

彼を監視するために同行してきた魔道士の存在など、イルテリシュはきれいに忘れていた。

「パルスをどうする気だ？　汝の本来の責務（せきむ）を忘れたか!?」

「パルスか。パルスはチュルクの後でいい。ま、来年の春以降だな」

「そ、そんなことは許さん」

「きさまの許可など必要ない」

「う、うぬ……」

ガズダハムは憤怒に目がくらんだ。バシュミルが剣の柄（つか）に手をかけたが、イルテリシュは手をあげて上将軍を制した。

　イルテリシュはガズダハムなど対手（あいて）にしていられなかった。階段宮殿はみごとに制圧したが、ヘラート全市を掌握（しょうあく）したわけではない。ヘラートを完全に手にいれた後は、谷ごと盆地ごとに点在する城塞（じょうさい）や砦（とりで）を服属させ、山岳騎馬隊を再編して、パルスへの侵攻を準備しなくてはならないのだ。すくなくとも半年はかかるだろうし、たとえ早くすませても、雪崩（なだれ）の心配がある間は、山岳騎馬隊を動かすことはできない。

「不満なら、きさまがやってみたらどうだ？」

「何？」

「有翼猿鬼（アフラ・ヴィラーダ）どもを引きつれて、パルスにおもむくといい。公路の修復工事を妨害し、工事にたずさわっている人間どもを鏖殺（おうさつ）して、パルス全土を恐怖におとしいれてやればいいではないか。愉しいぞ」

「…………」

「きさまらも蛇王ザッハークの配下として働くというのであれば、いざ人間どもとの決戦となったとき、魔軍の指揮をとらねばなるまい。すこし経験をつんでおいてもよいではないか」

ガズダハムは口ごもり、ためらいがちに後方をかえりみた。ひとりの男が、ガズダハムとおなじ暗灰色の衣をまとい、陰気に沈黙している。その存在に、イルテリシュも気づいていたが、故意に無視した。いずれガズダハムと同類の魔道士であろうが、親しくなりたくもない。

「おれは行かぬ」

ガズダハムの無言の問いかけに、その男グルガーンは冷たく答えた。

「しかし、考えてみてもよいのではないか、グルガーン」

「ガズダハムよ、お前はそのイルテリシュに向かって、いろいろ説教しておったが、責務を忘れているのはお前ではないか。お前の責務は、やつを監視することだろうが」

「そ、それはそうだが……」

「お前が責務を放棄するなら、おれが務める」

「ほほう、おれの監視役が交替というわけか」

イルテリシュが冷笑した。

「それもよかろう。ガズダハム、だったか、きさまの不景気な面（つら）も見あきたわ。有翼猿鬼（アフラ・ヴィラーダ）どもをひきいてパルスをおそい、町や村のひとつふたつ、焼き亡（ほろ）ぼしてくるがよい。その間、おれはチュルク兵どもを鍛えあげ、きさまらの望みどおりパルスに侵攻してやる」

「……」

「それとも、気が進まんか？　何だ、口先だけでは、きさまの同志に何といわれても、しかたないではないか。ひとつ、実績を見せて、だまらせてやってはどうだ、ガズダハム」

「……グルガーン、やはり、おれは行くぞ」

ガズダハムが叫ぶように宣言した。

グルガーンの昏（くら）い目には、同志に対する憤怒と軽蔑の鬼火が燃えていた。彼は顔を背（そむ）けて表情を隠すと、唾（つば）を吐くように言い放った。

「とめはせん。かってにしろ」

「よし、かってにするとも」

ガズダハムは胸をそらしてグルガーンをにらみ、イルテリシュを見すえた。

「では有翼猿鬼どもの半数はおれがつれていく。兵が不足するとて、泣かれてもこまるからな、半数は残しておいてやる」

「おう、吉報を待っておるぞ」

答えたのは、グルガーンではなくイルテリシュである。いまやガズダハムは興奮しきっていた。

「グルガーンめ、いつも他人を見下すような言動をしおって、有能者面しおるが、あのイルテリシュは甘くないぞ。やつを対手に、すこしは苦労してみるがよい」

ガズダハムは蛇王ザッハークを尊崇し、その再臨を熱望する使徒として、人としての感情などうしなったはずであった。だが、奇妙なことに、イルテリシュと行動を共にするうち、怒りや欲望の感情が起伏しはじめたようである。蛇王ザッハークの完全な復活を目前にして、彼の実力でパルス国に損害をあたえ、グルガーンを口惜しがらせてやりたかった。

イルテリシュは、薄い笑みをたたえて、魔道士どうしの確執を愉しんでいる。

グルガーンには、べつの考えがあった。だが彼はそれを口には出さず、さりげなくイルテリシュとガズダハムから目をそらした。

IV

十一月十日。

ダリューンはふたたび王都エクバターナを離れ、ソレイマニエの町に派遣されていた。彼自身が願い出て、大陸公路の修復を指揮することになったのである。

「休む間もなく、すまぬな、ダリューン」

臣下に気を遣(つか)いすぎる若い国王(シャーオ)に対して、

「いえ、私には絵を描くような高雅(こうが)な趣味もございませんし、身体(からだ)を動かすのが似おうておりますから」

そう答えたダリューンであった。ジャスワントとパラフーダ——旧名ドン・リカルド——の両将軍が副将として彼に同行し、さらに雑用係としてカーセムがしたがった。二万の兵をひきいていたが、すべて歩兵であった。荷車に積まれていたのは、武器ではあったが、破城槌(はじょうつい)だの梯子(はしご)だのといった攻城用兵器である。攻城用の兵器は、土木作業用の道具に転用できるのだ。それを見送ったエクバターナの庶民は、「戦士のなかの戦士(マルダーンフ・マルダーン)」が、戦いではなく土木工事におもむくことを思って、気の毒がったりおもしろがったりした。

ソレイマニエでは、役人代表のファラクルが喜んで一行を迎えた。旅人たちの不満と抗議をおさえるだけでも、疲れはてていたのである。ダリューンは国王アルスラーンの布告を人々に伝え、今後はできるだけ海路をとるよう指示して、作業にとりかかった。

「こういうときに、ザラーヴァントがいてくれたらな」

ダリューンは胸中で歎息した。九月に無念の死をとげたザラーヴァントは、土木工事の指導監督に長けていただけでなく、民衆の士気を鼓舞する達人だった。陽気で豪快だった僚将の死は、かけがえのない人材の喪失を、ダリューンに痛感させた。

一方、ダリューンの名は、大陸公路諸国で最強の戦士としてとどろいている。その彼が国王の勅命を受けて、公路の保護に乗りこんできた。それだけでもソレイマニエの人心は安定してきた。

だが、それも長くはなかった。否、短すぎた。

翌十一日のことである。

「公路の修復など、させるものか」

人々の頭上で声がした。天界に住む神々や天使たちのうるわしい声ではない。みるみる拡大する黒雲のなかからひびいたのは、魔道士ガズダハムの、呪詛にみちた陰々たる声であった。四匹の有翼猿鬼に大籠をつるさせ、そのなかに立って地上をにらみつけている。

彼の目には、空を指さしてうろたえ騒ぐ人々の姿が映っていた。殺戮(さつりく)の喜びと、人間たちを侮蔑する紅(あか)い光が、ガズダハムの左眼に宿(やど)った。

「急降下だ！　皆殺しにしろ！」

つぎの瞬間、魔道士ガズダハムは、みずからの目と耳をうたがった。

工夫(こうふ)たちがそろって地面に手をかけると、土が持ちあがった。否、土砂を薄くかけて隠されていた布がはねのけられたのである。出現したのは、完全武装した兵士と、空へ向けられた弩(おおゆみ)の列であった。黒衣の人物が、マントをはためかせ、腰から引きぬいた長剣を打ち振った。

「射よ！」

ダリューンの号令一下、二千を算(かぞ)える攻城用の弩がいっせいに矢を撃ち出した。暴風のごとき音が天地を圧した。重く、しかも鋭い鏃(やじり)には、芸香(ヘンルーダ)が塗りこめられている。

急降下する怪物の群れは、上昇する矢の網(あみ)につつみこまれた。耳が腐れ落ちるようなおぞましい絶叫が、空からあふれて地へなだれ落ちる。それにともない、一身に数本の矢を受けた有翼猿鬼(アフラ・ヴィラーダ)たちが、苦悶しながら落下していく。

第一斉射(せいしゃ)の後、空をおおっていた怪物の群れは一挙に半減していた。ガズダハムの大籠は、音をたてるような勢いでかたむいた。

「うわ、うわわわ……！」

狼狽と恐怖の奇声をあげて、魔道士ガズダハムは、かたむいた大籠の縁にしがみついた。思いもかけぬ状況に直面して、ガズダハムはなす術を知らなかった。難攻不落をうたわれたヘラートが、あっけなく陥落したので、ガズダハムは、空からの奇襲が絶対的な効果を持ち、対応不可能だ、と思いこんでいた。

敵が空からの奇襲を予測し、それればかりか奇襲を想定して、公然と公路の修復工事をおこない、魔軍を誘いこもうと作戦を立てて待ちかまえている——そのような事態を、ガズダハムは予想だにしなかった。魔道士としての力量はともかく、軍隊の指揮官としては、知識も経験も能力も不足しすぎていたのだ。

「おのれ、待ち伏せとは卑怯な！」

見当はずれの罵声をあげた瞬間、奇声とともに籠が大きく揺れた。弩の矢に咽喉をつらぬかれた有翼猿鬼が一四、綱を放し、まっさかさまに地上へと墜ちていく。さらにまた一四。

「ええい、ええい、こんなことになるとは。悪辣な人間どもめ、いまに見よ、蛇王さまの祟りがあるぞ！」

呪詛の言葉をわめきちらしながら、ガズダハムは、浮力をうしなった大籠ごと地上へ墜ちていった。幸か不幸か、やわらかい砂地の上であった。砂上にころがった籠から、かろうじてガズダハムは這(は)い出た。ひとりの人間が、その前に立って剣を抜いた。

「おや、きさまが指揮官か。どうもそうは見えんがな」

パラフーダであった。彼はパルスの宮廷につかえるようになってから、あご鬚(ひげ)は剃(そ)り落としたが、髪と口髭は純白のままである。三十四歳だが、怒気と憎悪にくらんだガズダハムの目には、老人としか映らなかった。魔道士は、波状の刃を持つ短剣を引き抜くと、奇声をあげておそいかかった。それが最期の行動になろうとは夢にも思わず。

パラフーダの剣は魔道士ガズダハムの左肩に入(はい)って、右の腰から出た。剣光は魔道士の上半身をななめに両断し、刃音さえたてずに両者の生死を分けた。短剣をにぎったまま、一人二体の死骸が血泥(けつでい)のなかにころがる。

ガズダハムは苦心と暗躍をかさね、蛇王ザッハークの復活を見とどけたが、蛇王が世を支配して暗黒と恐怖を地上に満たす光景は見ることなく、異形(いぎょう)の邪神に殉(じゅん)じて死んだのであった。

こうして、暗灰色(あんかいしょく)の衣の魔道士が呼集(こしゅう)した弟子七名のうち、グンディー、プーラード、アルザング、ビード、サンジェ、ガズダハムの六名が地上から消え、ただひとりグルガーンだけが残ったことになる。

そのようなことは知る由もなかったが、ガズダハムを両断した直後、パラフーダの顔に後悔の色が走った。何かが割れるような耳ざわりな音がするので振り向くと、血刀をさげたダリューンが、怪物どもの累々たる屍体を踏みこえて歩み寄ってくる。魔道士のすさまじい死相を見やって賞賛した。

「みごとな斬り口だ。いかに人外の者とて、生きかえる術もあるまい」

「……ダリューン卿、おれは早まったかもしれぬ」

「生かしておいて、何をたくらんでおるか告白させたほうがよかった、と、思っているのか？」

ダリューンはパラフーダの胸中を察していた。

「後悔する必要はない。そこに倒れている男も、その仲間も、絶対に告白などせぬ。その点を見誤ったばかりに、我々は、たいせつな僚友をひとりうしなった」

むろんザラーヴァントのことである。ジャスワントも駆けつけてきた。

「お功績でござるな、パラフーダどの。こやつらの一党は、陛下が登極なさる以前から、お生命をねらい、パルス国に仇なそうとしておりましたからな。またひとりを討ちとり、めでたいことでござるよ」

「そういっていただければ、ありがたい」

もと異国の僚将たちの心づかいに感謝しながら、パラフーダは、あらためて魔道士の亡骸を見やった。堂々と戦って死んだ敵に対しては、おのずと敬意も生じる。だが今回は、おぞましさと忌まわしさを感じるだけであった。それにしても、魔道士どもが何を目的に殺人や破壊をかさねるのか、パラフーダにはやはり理解できないのである。

V

チュルク国内で一瞬にして玉座の主が変わってしまったことを、シンドゥラ国王ラジェンドラ二世はまったく知らなかった。神々ならぬ身で、知る由もない。当面、パルス国から金貨三万枚をせしめて、ペシャワール出兵の費用の一部はまかなうことができたし、使節ダリューンは今後、パルスの農民を守ってくれれば、その費用を負担することを匂わせた。どうやらパルス国内では尋常ならぬ大事が生じているようで、しばらくの間、対パルス関係は、外交面でも軍事面でも、シンドゥラが主導権をにぎれるのではないだろうか。

チュルクに目を転じると、ペシャワール攻略を目的として南下してきたチュルク軍は、目的地に到達する前に全滅してしまったし、三万もの損害を出したチュルク国王カルハナとしては、当分の間、うかつに軍事行動などおこせないであろう。いかに冷厳で有能な独裁者といえど、軍と民衆の不満をおさえるのに汲々とせざるを得ぬ。兵の補充に遺族への手当て。税の負担が重くなれば、さらに国王への不信は募る。それを力ずくでおさえようとすれば、今後、チュルク国内の安定すらあやしくなろうというものだ。

「こうして見ると、わがシンドゥラの近い未来は、虹色にかがやいておるな。いや、王者の徳はまことに国運に反映するものだて」

ラジェンドラ陛下はご機嫌うるわしくあらせられたが、名君を自認する彼のこととて、すぐに反省した。

「いやいや、このていどで有頂天になってはいかん。神々は名君たる者に、さまざまな試練を課せられるものであるからな。さしあたり、油断せぬよう努めるとしよう」

ラジェンドラは、三つの課題を自分に課すことにした。第一、パルスの国内で何が生じているか、精しく調査すること。第二、チュルク軍を全滅させた怪物どもについて、これまた精しく正体をさぐること。第三、サリーマとカドフィセスを正式に結婚させ、カドフィセスには当面「チュルク仮王」の称号をあたえて、シンドゥラにとって有利な条約をいくつか結ばせること。

「まずまず、今年は佳い年で終わりそうだな。誠実な努力こそ、報われて然るべきものだ」

満足したラジェンドラは、労せずして手にいれたチュルクの将軍首を十ばかり、傷だらけで怯えきった捕虜を百人ばかり、牛車に乗せて国都へと還っていった。

捕虜の舌を抜くというバリパダの提案は、結局、却下された。どうせ捕虜はシンドゥラ語がしゃべれないから、という理由である。

くり返しになるが、ラジェンドラは人であって神ではない。ゆえに、チュルク国のことは後まわしにした。もしチュルクの国都へラートで何ごとが生じたか知っておれば、カドフィセスをおしたて、バリパダに指揮させて、大軍をチュルク国へ乱入させたであろう。どう考えても、イルテリシュよりカドフィセスのほうに、王位継承の正統性があるし、チュルク人たちも、空飛ぶ人食い猿より、身元のたしかな人間の王族を支持したにちがいないのだ。

チュルク国の内情がまったくわからないラジェンドラは、慎重に、最善と思われる方策をとった。パルスの宮廷画家でさえ、ラジェンドラの方策を、おおむね是としたであろう。

「ペシャワールの城塞を無傷で手にいれ、そこでサリーマとカドフィセスの婚礼を盛大にあげることができれば、完璧だったがな。しかしまあ、満月はいずれ欠けるもの。あまり欲をかいてもしようがない」

かくして国都ウライユールへと凱旋するラジェンドラは、国内各地の市場であいかわらず芸香(ヘンルーダ)がパルス商人に買い占(し)められていることなど、すっかり忘れていた。

チュルク国王カルハナは、死後、頭部と胴体を切断された。頭部は階段宮殿の門前にさらされ、胴体は宮殿内の地下牢の一角に埋められた。

ヘラートの庶民たちには、まだ公的に何の布告もなされていない。だが、カルハナ王の殺害と梟首(きょうしゅ)、階段宮殿の占拠、その上部を飛びかう魔獣、等々の噂(うわさ)は弩(おおゆみ)の矢よりも速く勢いよく市内を飛びかった。

市場からも路上からも人の姿が消え、家々の扉や窓はかたく閉ざされた。父親は扉の近くで棒や肉切り包丁をかまえ、母親は奥の部屋で両腕に子を抱いて、魔の刻(とき)がすぎるのを待ちこがれた。

征服者となりおおせたトゥラーン人イルテリシュは、階段宮殿の最上層にいた。バシュミルに何やら命じたあと、玉座に腰をおろし、運ばせた酒を一杯また一杯と試(ため)し飲みしている。杏(あんず)の酒や大麦の酒は、トゥラーンの馬乳酒(ばにゅうしゅ)より旨(うま)いとは思えなかった。

舌打ちして銀の杯を放り出すと、それは床の上を回転して、誰かの足もとにころがった。イルテリシュが酔眼(すいがん)を向けると、憔悴(しょうすい)しきったようすのジャライルがいて、力なく頭をさげてからひざまずいた。

「おう、きさまか。何の用だ」

「はい、カルハナも死にましたし、お傍を離れるお許しをいただきたく……」

「ふん、それでは、これからどうする？」

「家族をつれて、父祖の地へもどります。国都から歩いて五日かかる山中でございますが、山羊でも飼って静かに……」

対手の言葉半ばに、イルテリシュは手を振った。

「そうか、わかった。戦う意欲のない者を引きとめてもはじまらん。かってにしろ」

「ありがたく存じます」

ジャライルが深く一礼して立ちあがろうとすると、イルテリシュは手をとめた。

「すこし待て。おい、チャマンド」

チャマンドは息を切らせて駆けつけて来た。魔人にこき使われるのは不本意だが、非業の死をとげたカルハナ王も、けっして、つかえやすい主君ではなかったから、役人らしく割りきることにしたのである。

イルテリシュはチャマンドに命じ、金貨の詰まった木箱を運ばせてくると、ジャライルに告げた。

「両手で持てるだけ持っていけ」

「そ、そのようなもの、いただくわけには……」

「恩賞だ、遠慮はいらん」

「はっ、ではありがたく頂戴いたします」

　一転して、ジャライルは金貨を受けとった。このような金銭、ほしくもないが、これ以上拒絶すれば、イルテリシュは激怒するであろう。トゥラーンの流儀に、どれほどイルテリシュが固執しているか、ジャライルは骨身に沁みていた。怒りにまかせて首を刎ねられるより、金貨を受けとるほうが、おたがいのためだ。

　両手で持てるだけの金貨をかかえこむと、ジャライルは、イルテリシュの成功と健康を祈る言葉を残して去っていった。そのありさまを窃き視していたのは魔道士グルガーンである。

「……まさか、ひとりの人間に、二度も使うことになろうとはな。ガズダハムの甲斐性なしめ、よけいな手間をかけさせおって……」

　彼の手には硝子の小瓶が握られている。

「だが、あれほど強靭な男だからこそ、憑代になりえるのだ。栄光の日は目前にある。このていどの手間は、しかたない」

グルガーンは強く瓶をにぎりしめた後、うやうやしいほどの動作で懐におさめた。あらためて、イルテリシュのようすを窃み視る。

ガズダハムに対して、さんざん不調法を詰ったグルガーンだが、イルテリシュの剛勇と覇気は充分に知っている。失敗は赦されない。絶対的な機会を、可能なかぎり早く、つかまねばならないのだ。

そのころジャライルは、レイラのもとを訪れて別離のあいさつをしていた。

「レイラさま、これでお別れいたします」

「……ああ？」

レイラは血のついた棒を両ひざの上に横たえて、大理石の横長椅子にすわっていた。

「どこへいくの？　いくあてはあるのかい？」

「弟や妹たちをつれて、亡き父の故郷へ帰ります。これまでお世話になりました」

「べつに世話した覚えもないけどね」

レイラは苦笑に似た表情をたたえ、ジャライルはあやうく見とれてしまうところだった。

「弟や妹たちを不幸にしてはいけないよ。気をつけてお帰り。そして、わたしたちのことは、もう忘れておしまい」

「……はい、そういたします」

「お金銭はあるの？」

「はい、イルテリシュさまから充分に」

「そう、それじゃ、さっさとおいき。長居しないほうがいいからね」

レイラはジャライルに背を向けた。チュルク人の若者は彼女の背に向かって一礼すると、みずからも踵を返した。ひとつ呼吸すると、足早にその場を去っていく。

「……あの女にも、もう一度、飲ませておくべきだろうか」

それをまた物蔭から見ていたグルガーンは思案したが、すぐに頭を振った。

「いや、あの女のほうは、再度の服薬に耐えられぬかもしれぬ。あの女が妙な所業をしそうなときには、イルテリシュにまかせればよい」

VI

「ご報告申しあげます。カルハナ王の家族は、すべて殺しました」

やや蒼ざめた顔でバシュミルが報告した。

「よし、ご苦労、屍体はまとめて埋めておけ」

むぞうさにイルテリシュは応じた。

「憐れではあるが、王族に生まれた己が運命を怨んでもらうしかないな」

じつをいうと、イルテリシュは、カルハナ王の遺族のなかに美女がいたら生かしておくつもりだったが、はなはだ失望したので、後日の患いにならぬうちに、かたをつけてしまったのである。

「バシュミル、さっそくだが、チュルク国内を完全に支配せねばならん。軍略で思うところがあれば進言してくれよ」

盆地ごと谷ごとにきずかれた城塞や砦を、ひとつひとつ攻撃して陥落させていたのでは、どれほど月日が必要になるか、知れたものではない。魔道士ガズダハムには「半年」といったが、めんどうだからそう答えたまでで、実際にはその何倍もかかる。

イルテリシュはまだ三十代前半だ。騎馬遊牧民族には正確に生年月日を記録する習慣はないが、自分自身や周囲の人々の記憶、あるいは棒につけた刻み目などで、だいたいの年齢はわかる。

チュルク一国を支配するのが最終目的であるなら、十年二十年かかろうとかまわないが、イルテリシュはそれほど悠長にかまえていられなかった。彼の直系の先祖たちは、みな五十歳前後で死んでいる。原因は過度の飲酒で、イルテリシュ自身もそうなりそうだった。

「小うるさいガズダハムめも、やっと消えてくれたが……」

入れかわりに、別の魔道士があらわれた。この男グルガーンは、見るところガズダハムよりさらに陰険かつ狡猾そうで、魔人イルテリシュは、魔人なりにうんざりしているのである。

呼びかければ、ガズダハムは返事をしたが、グルガーンは無言で黙殺する。脅かしてやろうと近づけば、音もなく離れていく。その場に姿がなくても、どこからかグルガーンの視線を感じる。

「親王、あのようなとるにたらぬ者、対手になさいますな。こちらが無視して、彼奴めがどんな態度をとろうと、チュルクの平定をすすめていけばよろしいのです」

バシュミルがいさめ、イルテリシュは首肯するものの、何とも不快でたまらぬ。

「いざとなれば、私めが、彼奴めを斬りすてますゆえ」

「いや、それはおれがやる。おぬしは各地の砦をどうするか、どうやって兵を集め、したがわせるか、それをおれといっしょに考えてくれ」

イルテリシュの両眼に強烈なかがやきが宿った。あたらしい一歩を、彼は踏み出したのだ。

パルス国王アルスラーンの円座の間では、その日も諸将がさかんに議論をかわしていた。

「それにしても、事態がこのままいけば、いや、もっと悪化すれば、ソレイマニエ以東の国土は放棄せねばならなくなってしまう」

「国土の東、全体の三分の一をうしなうことになるではないか」

「しかも大陸公路は完全に使えなくなる」

「国土ばかりではない。民をどうする？　今回は住民や旅人たちの眼前で、妖魔どもを撃滅したゆえ、国軍に対する信頼はあつくなった。だが、すべての奇襲攻撃に、対応するのはむずかしい」

「いずれにせよ、費用がかかるのだけは、まちがいないな」

「それで、国庫のほうは、だいじょうぶなのかな」

宰相ルーシャンに問われて、王国会計総監パティアスが、若い国王のほうを向いて述べた。

「すみやかに精査いたしますが、国庫に充分な余裕があることは、自信を持ってお答えできます。ルシタニア軍に強奪された財貨はことごとくとりもどしましたし、内廷費は前朝の十分の一に減っております。また、この三年は天候にも恵まれ、穀物や葡萄酒の輸出も増えました」

前朝、すなわちアンドラゴラス三世統治下において、内廷費、つまり国王の私生活に費される費用は、巨額であった。王妃タハミーネのために、アンドラゴラス王が出費を惜しまなかったからである。それでも、アンドラゴラス王は国をかたむけるほどの浪費はしなかったし、過重な税によって民を苦しめたわけでもない。財政担当の廷臣からすれば、

「いますこし軍事費の支出をおさえていただければよいのだがなあ」

という秘かな願望はあったにせよ。

要するにパルスはきわめて財政の豊かな国で、ゆえにこそルシタニアをはじめとする諸国の野望を刺激せずにいられなかったのである。

ギーヴがいないな、と、円座を見まわして、アルスラーンは気づいた。また退屈しのぎの旅に出ているのでもあろうか。

「蛇王ザッハークが、いよいよ復活し、パルスの地上に災厄をもたらすとあれば、それを防ぐのは私の責務だ」

アルスラーンは、諸将よりむしろ自分自身に向かって語りかけた。

ただ、一方で、大陸の東西を結ぶ交易の路を閉ざすわけにはいかぬ。また、民の生活に悪影響がおよぶのは、極力、避けねばならぬ。双方の条件を満たすには、ギランの港町を安全に確保しなくてはならぬ。すでに、王都エクバターナとギランとを結ぶ街道には、鉄

壁の守備態勢がなされているが、万が一にも、この街道が使用不可能となったときには、いかに対処すべきか。苦労性のアルスラーンはそこまで心配していたが、あっさりナルサスが答えた。

「ソレイマニエとギランとの間には、もとから街道がございましたが、これまであまり利用されておりませんでした」

その街道は大部分が山中にあり、幅も広くはなく、宿駅や橋も貧弱なものであった。だがこれを改修し、旅の施設をととのえ、防御をかためれば、大きな効果が期待できる。

「そういたせば、エクバターナとギラン、ギランとソレイマニエ、ソレイマニエとエクバターナ、三点を結ぶ三角形の線ができます。この三本の線を活かして、人と物資を運ぶ道が確保できるかと存じます」

「妙案だ」

目をかがやかせて、アルスラーンはひざをたたいたが、つづいて歎息した。

「しかし、私もうかつだったな。ルシタニア軍を追い払ってから、平和だった三年の間に、その処置をしておくべきだったのに。そうしておけば、現在になって、あわてずにすんだのになあ」

「それはいたしかたございません。その三年間は、旧状の回復、国土の再建に費さざるをえませんでした。おかげで、王都エクバターナの繁栄はほぼ旧に復し、解放された奴隷たちによって、耕地は一割以上、増えました。これ以上のことはなかなかできるものではございません」

「うん、あまり欲をかいてもいけないな。そうだ、人手はどうする？」

アルスラーンが質した。

「どうなさいます？」

師匠の顔つきになって、ナルサスは若い国王を見つめた。アルスラーンはその視線をまっすぐ受けとめて答えた。

「ソレイマニエ以東で、妖魔たちのために耕作できなくなった農民たちに働いてもらい、賃金を払おう。現金収入が得られるとなれば、彼らも協力してくれるだろう」

諸将が目をみはった。ナルサスは師匠の表情をゆるめた。

「これはこれは、陛下のほうが私めをお試しになりましたな。すでに腹案をお持ちだったのでしょう。まいりました、それ以上の策は、いまの私にもございませぬ。それはそれとして、街道の現状を調査する必要がございますが、どの将をギランまで派遣なさいますか？」

「それはぜひ私めが！」

よくひびく声で名乗りをあげたのは、「双刀将軍（ターヒール）」こと大将軍（エーラーン）キシュワードであった。このところ王都を離れることなく、机上（きじょう）の事務の他には兵を調練するていどなので、強健な身体（からだ）をもてあましている。

「大将軍ともあろうお人が、格下の将と功を競うというのは、あまり感心しませんなあ」

ダリューンが、ナルサス風の笑み（え）を浮かべた。キシュワードが反駁（はんばく）する。

「べつに他者と功を競うわけではない。大将軍たる者、できれば国土の隅々まで知っての上で、兵を用いたい。おぬしとちがって、おれはまだギランに行ったことがないのでな」

Ⅶ

「ギランか、なつかしいな」

四年あまり前、生まれてはじめて海を見たときのことを、アルスラーンは想（おも）いおこす。アンドラゴラス三世から兵権を奪（と）りあげられ、事実上、単身で追放されたアルスラーンであったが、ダリューン、ナルサスら七名が王命（おうめい）に背（そむ）いて従（つ）いてきてくれた。ギランでもさまざまなことがあったが、グラーゼの忠誠と海上商人たちの支援を得て、堂々と王都めざして再出発することができたのだ。

突然、トゥラーン出身のジムサが発言した。

「陛下、お願いがございます」

アルスラーンは微笑した。

「めずらしいな。願いか。聴かせてくれ」

「はっ、私を大将軍キシュワード卿に付して、ギランへ派遣していただきたいのです」

それなら自分も、という諸将のざわめきを、ジムサは無視した。

「おれは、いや、私めは大陸の奥深くに生まれ育ち、海を見たことがございません。私事にて恐……ええと、恐……」

「恐縮」

と、ジャスワントが先輩ぶってパルス語の単語を教える。

「恐縮でございますが、この機会に海というものを見ておきたく、大将軍に随伴することをお許しください」

ジムサは殊勝に一礼した。

「海なんて、ろくなものじゃないぞ」

そうつぶやいたのは、ルシタニアからマルヤムへの海路において、さんざん苦しい思いをしたパラフーダである。

「まあ見るだけなら、海も悪くはない」

謹直なトゥースまで、ふくむところのある口調である。ペシャワールからカーヴェリー河をへて海へ出、ギランまで航海したときに、夫の威厳を粉砕されてしまったので、海に対して好意の持ちようがない。ちなみに、トゥースの三人の妻、パトナ、クーラ、ユーリンは、この日は王宮に参内していなかった。

「ダリューン、ナルサス、来てくれないか」

若い国王に呼ばれて、いったん回廊に出ていたふたりは室内にもどった。

「キシュワードに、ギランまでいってもらうことにしたい。ジムサにもだ。意見があるなら聴かせてくれ」

ダリューンがちらりとナルサスを見やる。

「御意のままに」

と宮廷画家は奉答した。

こうして、大将軍キシュワードが、みずから軍をひきいて、ソレイマニエからギランへの街道を行軍することと決した。副将はジムサの他にファランギースとメルレイン。兵力は騎兵五百、歩兵二千五百、合計三千である。

大将軍が直接、指揮する兵力としては少数だが、目的は戦闘ではなく、あくまでも現状を調査し、改善点を確認することにある。大軍をひきいる必要はないし、準備も早くすませなくてはならなかった。

「しかし、ザッハークの一党に破壊され、そのたびに修復する。必要なことではあるが、いつか費用が尽きそうだな」

「その点は、根本的な解決法がある」

メルレインの言葉に応えて、ナルサスが紅茶をすすった。

「やつらの本拠地はデマヴァント山だ。三万か五万ばかりの兵を、公路に配置しておいて、ごく少数の精鋭を山に送りこむ。蛇王ザッハーク自身を殺せば、魔軍自体、消失する」

諸将から、賛同と志願の声がわきおこった。

「それはだめだ」

意外なことに、アルスラーンは頭を振った。

「なぜでございます？」

諸将を代表して、ダリューンが問う。

「デマヴァント山は、クバード卿たちが探査したときより、さらに危険になっている。そんなところに、おぬしたちを送りこむことはできない」

「おそれながら、私どもは死を恐れませぬ。敵軍はもちろんのこと、蛇王ザッハークを斃すことがかなえば、それこそ栄誉の死でございます」

イスファーンが頰を紅潮させて主張したが、アルスラーンは頭を振った。

「おぬしたちが死を恐れぬことは、わかっている。だが、私がおぬしたちの死を恐れているのだ。すでにザラーヴァントを喪った。もう、ひとりも喪いたくない」

円座の一同は静まりかえった。全員の心にアルスラーンの声が突き刺さった。

「ありがたいおおせです。ですが、それでは蛇王と戦うことはかないませぬぞ」

ナルサスが、やや厳しい声で沈黙を破った。

「犠牲は、かならず出ます。それを最小限にくいとめるため、私どもは最善をつくす所存でおります。陛下の最大のご責務は、蛇王ザッハークを完全に斃し、パルスに永い平和をもたらすこと。そしていまひとつは、そのための犠牲に耐えることでございます」

アルスラーンは声に出しては応えなかった。ただ唇を嚙んで視線を遠くへ向けただけである。

「解放王の円座会議」は出入り自由で、一時中座してもよいし、そのまま退出してもかまわない。何となく散会してしまうこともある。むろん限定された者だけで、「宰相ルーシヤンの甥」カーセムなどは近づくこともできない。いつか国王陛下の近くに坐し、円座会議をとりしきる身分になるのが、カーセムの夢である。

ダリューンが中座して露台で涼風にあたっていると、ナルサスが来て傍にたたずんだ。

「どうだ、宮廷画家どの、大将軍がギランに赴くという件は？」

「正直、ジャスワント、ジムサ、パラフーダの三名は温存しておきたかった」

「異国の出身者だからか」

「別のいいかたをすれば、蛇王ザッハークに対して、理不尽な恐怖を感じていない。おぬしやおれは、物心つく前から……」

「何かというと、『蛇王が来るぞ』と、成人どもに脅されていたからな」

ふたりは顔を見あわせて笑った。十歳と九歳のころ、ふたりで黒い布をかぶって暗がりから飛び出し、「蛇王だぞ！」と叫んで王宮の侍従たちを仰天させたことを想い出したのである。ふたりならんで、故ヴァフリーズにさんざん叱られたものであった。アルスラーンが生まれる前の話である。

アルスラーンはキシュワードたちと語りあっていた。

「ギランにいったら、グラーゼによろしく伝えてくれ。彼がいなかったら、私はギランで立往生していたところだった」

「かしこまりました」

「グラーゼの旗艦は『光の天使』といったか、絹の国にもないほど、みごとな船だそうだな。いつか私も乗せてもらいたいものだ。どんな乗り心地だろう」

「トゥース卿が乗ったはずですぞ、三人の奥方とともに」

クバードが人の悪い笑いかたをした。トゥースは何やら反駁しかけたが、アルスラーンの視線を受けて、せきばらいした。

「船の乗り心地など、そう異なるものではございません。船の大小と、あとは所詮、波しだいでございます」

「トゥースのときはどうだった？」

「まあ、そのときは妻たちもはしゃいでおりまして……」

トゥースにしてはめずらしく、いさぎよくない返答をしかけたとき。

彼らの足もとで雷鳴がとどろいた。むろん、そのような現象はありえない。大地が咆哮し、強烈な揺れが下からおそいかかってきたのだ。

床が躍った。卓が跳ね、神々の像が大きくかたむいたかと思うと、音をたてて倒れた。壁に亀裂がはいり、円柱がひび割れる。粉塵が舞いくるうなか、異様な音をたてて、頭上から大小の破片が降ってきた。天井がくずれはじめたのだ。

「陛下、危ない！」

そう叫んだのはダリューンであったが、彼はアルスラーンから離れたところにいた。床ごしにとどろく大地の鳴動を感じながら、何とか主君に近づこうとする。

アルスラーンの至近にいたのは、エクバターナ城司トゥースである。彼は無言でアルスラーンに飛びつくと、国王の身体の上におおいかぶさった。

「ご無礼いたします、陛――」

いい終えぬうちに、大理石の大きな塊が、トゥースの上に落下してきた。

メルレインはいきなり妹の襟首をつかむと、半ば放り投げ、半ば突き飛ばした。アルフリードはみごとに床を二転三転して、誰かの身体にぶつかった。

「何するんだよ、兄者！」

憤然としてアルフリードは、はね起きようとしたが、彼女に衝突された人物が、その両肩をおさえた。

「あぶない、動くな」

声の主は、顔を見なくてもアルフリードにはわかった。宮廷画家ナルサスである。瞬時にアルフリードは頰を紅潮させ――そんな場合ではなかったが――宮廷画家の腕のなかにおさまろうとした。だが、突然、顔色を変えて、するりと腕のなかから脱け出ると、自分のスカーフをとり、逆にナルサスの頭をつつむようにかかえこんだ。

「お、おい、何をするんだ!?」

「あんたの頭を守ってるんじゃない。陛下の頭を守ってるのよ！」

天井の崩壊はやんだようで、諸将の叫び声が飛びかった。

「陛下はご無事か!?」

「みんな、だいじょうぶか？」

濛々たる粉塵はまだ室内をおおいつくしていたが、しだいにおさまりはじめた。

「粉塵を吸うな！　咽喉と肺を痛めるぞ」

アルフリードのスカーフの間から、ナルサスの声がひびく。

「トゥース、トゥース、しっかりしてくれ」

アルスラーンの声が、一同を愕然とさせた。粉塵の舞うなか、いくつかの人影が動きはじめる。それができるていどには、大地の激動も弱まりつつあった。

「陛……下……！」

せきこみながら、ダリューンが瓦礫の丘を乗りこえてくる。黒衣が灰色に変じ、何かの破片を受けたのか、右の額から頬へかけて紅い血の紐が垂れていた。

またしても床が弾み、瓦礫の丘がくずれた。ダリューンはあえて踏みとどまらず、長身を丸めて床の上にころがった。余震は、さいわい長くはなかった。ダリューンは立ちあがり、諸将もたがいに無事をたしかめあった。

「おさまったか……？」

「いや、まだ油断できぬ」

百戦錬磨の諸将も、天変地異と同条件では闘えない。用心深く起きあがり、瓦礫の隙間から這い出る。

「天井がくずれる恐れがございます。陛下、早く外へ……」

いいさして、ダリューンは口を閉ざす。アルスラーンは床にひざまずき、信頼する武将の身体を必死に引きずり出そうとしていた。トゥースの背から腰にかけて、大理石の円柱がのしかかり、彼の口からは紅いものがあふれている。

「みんな、力を貸せ！」

諸将が可能なかぎりの速さで、アルスラーンとトゥースの周囲に集まった。クバードやキシュワード、ダリューンらが膂力をふるって円柱を押しのけ、トゥースの身体を引きずり出した。

「背骨が折れております……一カ所だけではございません」

医術の心得があるファランギースが、トゥースの身体を調べて、沈痛に宣告する。

後頭部が割れ、肋骨も砕けて、肺に突き刺さっている。トゥースの吐いた血が、粉塵とまじって不吉な紅い粘液となり、小さな沼をつくっていた。

「トゥース、死ぬな!」

若い国王が手をにぎりながら耳もとで叫ぶと、トゥースは薄く瞼を開いたが、洩れたのは眼光ではなく、死の靄であった。一回だけ咽喉が鳴った。

こうして、パルス王国は、ザラーヴァントにつづくふたりめのエクバターナ城司を喪ったのである。それは同時に、世に称う「解放王の十六翼将」のふたりめでもあった。

第四章　血の大河

Ⅰ

パルスの東で兇事がおきれば、西においても変異が生じる。

「客将軍クシャーフル」と自称するヒルメスが、わずか八歳の新国王サーリフを擁して、事実上の独裁者となりおおせたのは、この年七月二十五日のこと。東方のチュルク国では、カルハナ王の権力と権威に、ひびひとつはいっていない時期である。

八月にはいって、南方ナバタイ東西両王国の軍がミスルの要衝アカシャを攻撃した、との報がもたらされ、ヒルメスはミスル人、パルス人、トゥラーン人の混成部隊をひきいて国都アクミームから出陣した。その留守をねらって、「黄金仮面」ことシャガードが宮中で乱をおこしたが、半日で鎮定され、パルスの宮廷画家を憎悪していたシャガードはヒルメスの剣に斃れる。

かくして後顧の憂いを絶ったヒルメスは、あらためて南方へと出陣した。八月二十五日のことである。これは、アカシャがナバタイ軍の奇襲を受けたという日から、ちょうど一カ月後のことであった。

一万五千四百名の将兵は、大小百四十艘(そう)の軍船に乗って南下した。ディジレ河は南から北へと流れているから、下流から上流へと進んでいくことになる。

ヒルメスの乗った船は、三百人乗りの大型船であった。帆の中央に大きな黒い円が描かれ、円のなかには黄金色の三日月が鎮座(ちんざ)している。前方甲板と左右の舷側(げんそく)には、合計五十の弩(おおゆみ)が具(そな)えつけてあった。船首には、「ディジレ河の守護者」とされる鰐(わに)の頭部が彫刻され、左眼には青玉(サファイア)、右眼には紅玉(ルビー)がはめこまれている。

ヒルメス自身は、船そのものに、たいして関心がなかったが、新王の代理、軍事の全権者として出陣するのだから、威風堂々たる船に乗りこむのも責務(せきむ)のうちであった。最初は、陸路と水路にわかれて進軍するつもりだったが、水路に慣れるため、予定を変更したのである。

単調な風景がつづく。河辺には森林と牧草地と小麦畑。その後方には未開の草原と疎林(そりん)、さらにその後方には薄青く丘陵がつらなっている。ミスルの誇る穀倉地帯だが、景勝地ではない。

ヒルメスはすぐに退屈した。

もっとも、トゥラーン人たちにとっては、はてしなく展(ひろ)がる草原こそが故郷であり、いくらかは故郷を思わせる風景ではあった。岸を指さしながら何やら語りあっている。

ヒルメスが気づくと、ブルハーンは風景に目もくれず、腕を組んで舷側によりかかっている。

「お前、風景に興味はないのか」

「そういうわけではございませんが、ダルバンド内海のほうが私にはようございます」

「真物(ほんもの)の海は草原より広いぞ。この国へ来るまでに、わかったであろうに」

「おおせのとおりでございます。されど、海がいかに広くとも、馬を走らせることはできませぬ。草原のほうが、私にはよろしゅうございます」

ヒルメスは、かるく苦笑した。

「なるほど、たしかにそうだ。鰐の背にまたがるわけにもいかんしな」

岸辺の葦(あし)のあたりで水がはねた。可愛(かわい)げのないワニの姿を見て、ブルハーンは舌打ちしたが、やがて歌を口ずさみはじめた。

　わが心　草原にあり
　わが心　異国(ここ)にあらず
蒼(あお)き天は涯(はて)なく野をおおい

　シルア河(ダリア)の水は永遠(とわ)に流る……

トゥラーンの民謡であろう。尋(き)くまでもないことなので、ヒルメスは無言で、若者の歌声に耳をかたむけた。ようやく夏も終わりに近づいたが、ミスルの酷暑はまだつづきそうで、上流から吹きつける河風も、南方の熱気を運んでくるようだ。ヒルメスの額にも、ブルハーンの頬(ほお)にも、汗の玉が浮かんだ。

　すべての水は内海(ダルバンド)に集(つど)い
　孤帆(こはん)は白みつつ遠ざかる
　惜しむべき佳(よ)き草原を
　など棄(す)つるや、君よ

歌い終えると、ブルハーンは、ヒルメスがいたことを思い出したように、あわてて一礼した。
「なかなかいい歌ではないか」
パルスの歌謡ほど洗練されてはいないが、素朴な憂愁がこめられていて、ヒルメスは嫌いにはならなかった。

「おそれいります。兄ならもっとうまく唄(うた)うと存じますが……」

ブルハーンは口ごもった。彼の兄ジムサは、パルスの国王につかえ、兄弟の道は大きくわかれてしまった。再会の機を、すでにブルハーンはあきらめてしまっている。

ヒルメスは岸のはるか向こうをながめた。

わが心　パルスにあり
わが心　ここにあらず……

口には出さなかった。胸中(きょうちゅう)で唄っただけである。ヒルメスはいまやミスル国の事実上の独裁者となりつつあるのだ。心をパルスに馳せるのは遠い将来であるべきだった。

ミスル人ビプロスが、緊張した表情でヒルメスに歩み寄って告げた。

「これより先、しばらくご注意を」

「どういうことか」

「第一の峡谷にさしかかりますので、船が揺れます」

「難所か」

「さよう、河幅が半分になり、その分、水が深く、流れが速くなります。左右両岸とも断崖になっておって、万が一、船から落ちたりいたしたら、泳いでも陸に這いあがるのは困難でござる。船に救いあげるのも、むずかしゅうござれば、できれば何かにおつかまりを」

ヒルメスは、騎馬戦でも歩兵戦でも攻城戦でも、他の将軍にひけをとらない自信があるが、水上戦となると、こころもとない。そもそも船団を指揮統率すること自体、はじめての経験である。

「万事まかせる。慎重にな」

ヒルメスにいわれて、ビプロスは奇妙な表情を浮かべた。ヒルメスはそういうことに、敏感というより過敏である。ヒルメスが河にも水上戦にも慣れないことを悟って、軽侮しているのではないか。そう思ったが、ヒルメスは表情を消して鈍感をよそおった。どうせこのミスル人を長く生かしておく気はない。

船団は峡谷にはいっていく。両岸がしだいに接近し、空がせまくなり、水音が高くなる。

「絶景といえば絶景でございますなあ」

老練な戦士であるトゥラーン人のアトゥカが、素朴な感歎の声をあげた。

「あのまま、おなじ風景を十日も二十日も観せられるのか、と、正直うんざりしておりましたわい」

「気楽なことをいっておられるのも、いまのうちだけだぞ、アトゥカ」

僚将のバラクがたしなめた。

「この難所をすぎて、つぎの草原に出れば、そこは敵地。わかっとるさ、バラク、だからこそ、いまのうちに愉しんでおくのよ」

バラクは眉をしかめた。

「おれはどうも気にいらんなあ。河を往くからこそ、めずらしい地形に見えるが、これが陸路であれば、左右が絶壁の山道を、細い隊列で進むようなものではないか」

「おやおや、バラクも心配性な」

「おぬしらこそ、呑気すぎるぞ。断崖絶壁の上から矢を射られたらどうする。味方の船はせまい水上にひしめいておるし、こちらから矢を射ても、まずあたらぬ。いいようにやられるぞ」

すると、パルス人のザイードが口を出した。

「おい、断崖の上に人影が見える。ずらりと列んでおるぞ」

「左岸にもいる……ミスルの軍装だな」

「何だ、味方か。だが、どこの部隊だ？」

額に手をかざそうとしたアトゥカが、くぐもった声を発し、二、三歩よろめいた。甲冑を鳴りひびかせて、朽木のように倒れる。額に突き立っているのは黄羽の太い矢であった。

「アトゥカ！」

「何ごとだ、何があった⁉」

愕然とした声が、轟音にかき消された。左右の断崖は、パルス流にいえば水面から四十ガズ（一ガズは約一メートル）の高さ。そこから矢の豪雨が降りそそいできたのである。バラクの不吉な予言が的中したのだ。

倒れたアトゥカから数歩をへだてて、パルス人のザイードが上半身に三本の矢を受け、音高く転倒する。つづいてミスル人ウニタが咽喉をつらぬかれ、河へ転落していった。矢音と悲鳴が入り乱れ、断崖に反響する。

「ビプロスッ！」

ヒルメスの声は、形なき槍となって、ミスル人の若い武将の身に突き刺さった。南方軍都督カラベクの次男であり、東ナバタイと西ナバタイとが軍を合して攻め寄せてきた、と、ヒルメスらに急報をもたらした男である。

短いが濃い髭をたくわえたビプロスは、ヒルメスの視線に射すくめられた。帆柱に寄りかかったまま、両手だけを泳がせる。

「よ、呼びすてにするとは無礼であろう。おれは南方軍都督カラベクの息子で……」

「くだらぬ男は、くだらぬことを気にするものだな。このありさまを見よ。ミスル軍が、なぜおなじミスル軍を攻撃する？」

「……」

「答えられぬか。それも道理よな。最初から、おれたちを死地に誘いこむつもりだったのだろうが」

「し、知らぬ」

ビプロスの顔も声も、冷たい汗にまみれている。

「おれは何も知らぬ。第一、おれがここにいるというのに、何じょうもって、おれ自身を攻撃させるものか！」

すでにヒルメスの長剣は半ば鞘走っていたが、彼の手はそれ以上の動きをとめた。ヒルメスの槍のような視線の先で、ビプロスは半死人さながらだった。

「なるほど、一理あるな」

ビプロスの言葉に感銘を受けたわけではない。ビプロスが、自分の生命をすててヒルメスを罠にかけるような犠牲的な精神の持ち主とは、とても思えなかった。とすれば、ビプロスは自分の味方にだまされていたのだろうか。

II

抵抗しようとするビプロスをかるくあしらって、ヒルメスは対手(あいて)の右手首をねじあげた。

「こちらへ来い」

「な、何を……」

「いたた、痛い」

悲鳴をあげるビプロスを、前方に突き出す形で、ヒルメスは甲板上にたたずんだ。降りそそぐ矢が、甲板に林のごとく突き立ち、ビプロスの脚をかすめる。

「やめろ、やめてくれ、射つなあ!」

ビプロスは絶叫した。ミスル語だが、初歩的な台詞(せりふ)であり、状況をあわせて考えれば、意味は明白だ。

「おれはビプロスだ。南方軍都督(キャランタル)カラベクの息子だ。なぜ、おれがいるのに矢を放つ? お前ら、おれに傷ひとつつけたら、父上に首を刎(は)ねられるぞ!」

矢の雨がやんだ。一瞬にして雷雨が通りすぎたかのようだった。

　左岸の断崖の上で、弓箭兵の列が左右に割れた。ひとつの人影が前方へ歩み出て、断崖の縁に立った。逆光のため、顔はわからないが、甲冑がまばゆい線で人影を飾った。

「ビプロス、この愚か者よ。その醜態は何だ。それで、栄えある南方軍都督カラベクの息子と自称するとはな」

「あ……テュニプ兄者！」

　ビプロスがあえいだ。そのあえぎ声が、ヒルメスに敵の正体を教えた。南方軍都督カラベクの長男テュニプ。

「ほう、お前に兄者と呼んでもらえるとは光栄だな。身分いやしい女の産んだ子とか、そういわれるほうが慣れておるが」

　テュニプの影が、わずかに動いた。

「そちらの御仁は、客将軍クシャーフルとかいうパルス出身のお人だな」

　ヒルメスは風に負けぬよう声を張りあげた。

「なぜ知っている？」

「お噂はかねがね。国都に飼っている狗どもからも、口の軽い商人どもからも……」

　テュニプの声に敵意がこめられた。

「ずいぶんと器用に立ちまわるお人のようだ。だが、友情を育む気にはなれんな。ミスル国の将来をおびやかす前に、死んでいただこう」

テュニプは冷笑とともに、すばやく一歩しりぞいた。問答無用とばかり、ブルハーンが弓を引きしぼり、断崖上めがけて射放したからである。矢は角度や風向きにもかかわらず、一瞬前までテュニプが佇立していた空間をつらぬいて飛び去った。

「やれ！」

報復ではない、最初からの予定であったろう。弓箭兵たちが列を再編させたかと見ると、今度は火の雨が船団めがけて降りそそいだ。

ヒルメスの全身を悪寒がつつんだ。

数百の火矢が黄金色の炎をあげて船団に射こまれてくる。帆に、甲板に、船楼に、船腹に。何かに突き立つと、矢につけられた薄い綿布の袋が破れ、油が飛散する。たちまち、船上いたるところに炎の柱が立った。

「客将軍、こちらへ！　危のうございます！」

動かない、否、動けずにいるヒルメスの腕を引いたのは、ブルハーンであった。ヒルメスは甲板上から断崖上をにらみあげる姿勢であったから、敵の目には、「火矢にも動じぬあっぱれな姿」と映ったかもしれない。事実はまったく逆であった。

ヒルメスの胸中は、憤怒に煮えたぎった。トゥラーン人のアトゥカ、パルス人のザイード、ミスル人のウニタと、三名の部将をうしない、敵にはかすり傷ひとつあたえることができないのだ。

　ミスルには警戒すべき人材はいそうにない。ヒルメスはそう思っていた。マシニッサのような小人物が「ミスル随一の勇将」などと称されていたくらいだから他は知れたものだ、と。ところがそれは国都アクミームにおいて観察していてのことで、南方の辺境には、機会を虎視していた危険な野心家がいたのである。

　ヒルメスはブルハーンによって船楼の蔭に引きずりこまれた。そこにいれば、火矢の直撃を受けることはないが、船楼の上部はすでに半ば炎につつまれ、白く黒く煙を噴き出している。他の船も同様で、峡谷には煙がたちこめ、灰色の風となって上流から下流へと流れていく。皮肉なことに、煙が弓箭兵の視界をさえぎり、テュニプは命令を下して火矢を射るのを中断させた。煙が薄れたら、攻撃を再開するつもりであろう。

　ヒルメスの肺と心臓は炸裂しそうだったが、くらみそうな目で周囲を見わたすと、すぐ傍にビプロスがいた。濡れた小犬さながらに慄えている。ヒルメスは死力をつくす思いで彼の襟首をつかんだ。

「ビプロスよ、きさまがおれをあざむいたのでないことはわかった」

「そ、それなら……」

「同時に、きさまが真物(ほんもの)の役立たずだということもわかった。きさまの兄の言動を見聞するかぎり、人質の役にさえたたぬ」

「……ひッ⁉」

「とすれば、きさまは、新王陛下に背(そむ)きたてまつる逆賊の一族でしかない。生かしておく価値なし！」

「わッ」と悲鳴を発し、ビプロスは可能なかぎりの迅速(はや)さで身をひるがえした。だが、すでに退路はさえぎられていた。

バラクとパルス人のセビュックが剣を抜いて立ちはだかっている。煙のため両眼が充血し、乳児(あかご)が泣き出しそうな形相だ。ヒルメスが手ぶりで命じると、バラクとセビュックは同時に前進し、同時に剣を突き出して、ビプロスの左右の胸をつらぬいた。

「な、何でおれが……？」

血の泡とともに疑問の言葉を吐き出すと、ビプロスは甲冑を鳴りひびかせて甲板上に横転した。ブルハーンがトゥラーンの直刀(ちょくとう)を咽喉(のど)に突きとおし、とどめを刺す。

ビプロスの側にすれば、たしかに、彼が殺される理由はなかった。彼は、惨敗しつつあるヒルメス一党の憤怒のはけ口にされたのである。

その間にも、船上の火勢は強まりつつあった。不幸なビプロスが息絶えた瞬間、ヒルメスは彼のことを忘れた。この火から逃れなくてはならない。しかも、衆人環視のただなか、狼狽や恐怖を悟られることなく、船団全体を最小の被害で国都アクミームまでつれ帰らなくてはならない。それができなければ、ヒルメスが「客将軍クシャーフル」の偽名において確立したばかりの覇権は、不名誉のただなかに消失してしまう。そう、「砂漠に降る雪」というミスルのことわざのように溶け去ってしまうのだ。

「あわてるな！　うろたえてはならん！」

声の慄えを、ヒルメスはおさえた。錯乱の寸前で、全身全霊の力をつくして、指示を下す。

「船を動かそうと思うな。流れにまかせよ。そうすれば、おのずと船は下流へと流されて峡谷を出る。そうしたら各船、接岸して、全員上陸せよ。軍を再編成して、陸上で反撃するのだ、よいな！」

水上戦の経験がないヒルメスの指示であったが、将軍たちが大声で命じると、ミスル人の兵士が小さな旗を縦横に打ち振って、他の船に命令を伝える。

ヒルメスの船団は流れに乗って急速に峡谷から離脱しはじめた。たがいに接触したり、衝突したりしながらも、火と煙の下、敵の罠から遠ざかっていく。

「それから、火だ。火を消せ！」

ヒルメスはどなった。最悪の場合、彼は河に飛びこんで死地を脱出するつもりであった。泳ぐ前に甲冑をぬぐ必要があり、泳ぎ自体もそれほど得意ではないが、火より水のほうがはるかにましだ。

とはいえ、うかつに飛びこめば、ひしめきあう船体と船体との間に押しつぶされるかもしれぬ。さらに河中にはワニがおり、河馬などより殺しやすく、しかもやわらかい獲物が近づくのを待ちかまえている。

風を切る音がして、三本ほどの矢がヒルメスめがけて飛来した。反射的にヒルメスは剣をひらめかせ、三本の矢を六本にして甲板上にたたき落とした。火の恐怖や水の困難に較べれば、矢の脅威など、ものの数ではない。

いささか冷静さをとりもどし、ヒルメスは歯ぎしりした。陸戦の雄であるヒルメスは、水上戦など想定していなかったのだ。船は軍勢を運ぶ手段としてしか考えておらず、戦闘はアカシャに到着して上陸してからのことと思っていた。だが、その目算は、敵の先制によって霧消してしまった。

「油断したか、愚か者が……！」

ヒルメスは自分をののしった。南方軍都督カラベクの長男テュニプが、これほどの曲者だとは聞いていない。生前のビプロスも兄を軽視していたのは明らかだった。誰も彼も、テュニプにだまされて、彼が雌伏していたことを見ぬけなかったのだ。ビプロスはその報いを受けた。つぎに報いを受けるのはヒルメスということになるのであろうか。

冗談ではない。

薄れゆく煙ごしに断崖を見やって、ヒルメスはあることに気づいた。この奇襲がヒルメスを国都から誘い出す罠であったとしたら、「東西ナバタイ軍によるアカシャ攻撃」も虚報だったのであろうか。

Ⅲ

自分が抱いた疑惑を、ヒルメスはすぐに否定した。東西ナバタイが連合してアカシャを攻撃した、という報せは、ビプロスによってもたらされたのである。ヒルメスはビプロスの才幹を低く評価し、あっさり殺させてしまったくらいだから、彼にだまされたとは思わなかった。そんなもっともらしい作り話をヒルメスに信じこませるなど、ビプロスにできる芸当ではない。

ではナバタイのアカシャ攻撃は事実であったのか？　だとすれば、アカシャを防衛せねばならぬはずのテュニプは、どのようにして第一峡谷まで進出し、ヒルメスの船団を奇襲する、などという芸当を可能にしたのであろう。

思いまどううちにも、船団は急速に下流へと奔っていく。ただし、船尾を先に、船首を後ろにして、強烈な力で流されていくのだ。

完全に船体を制御するなど、とうてい不可能であった。帆に強風をはらんで後進し、たがいに適切な距離をとることもできず、接近しすぎたと思うと、回避できずに衝突する。大きな軍船の船首が吹きとび、小さな船は兵士たちの悲鳴とともにくつがえる。炎につつまれた帆柱が倒れる。

大混乱のなかで、第一峡谷は、軍船の群れと大量の煙を下流に吐き出した。

茫然と立ちつくすヒルメスに、ブルハーンが危なっかしい足どりで歩み寄った。

「敵は追撃してきません。深追いを避けるようです」

苦い表情で、ヒルメスはうなずいた。どうやらテュニプは隙のすくない、可愛げのない敵将であるようだった。

「味方の損害は？」

「船は半数ほどが沈みました」

「沈まなかった船も、大半がこの醜態だ。各船、死傷者の数を調べて報告せよ」

ようやく流れがゆるやかになり、最後の一艘が峡谷から脱出したころ、損害の報告がつぎつぎととどいた。五十隻が沈没し、七十隻が破損し、死者は三千人をこえていた。

「ミスル人を甘く見ていたか……」

考えてみれば、これまでがうまくいきすぎた。驕（おご）ったつもりはなかったが、得意の絶頂には、かならず隣に断崖（だんがい）が口を開（あ）けている。

そのことをヒルメスはわきまえていたから、出陣したと見せかけて国都アクミームに引き返し、シャガードの蜂起（ほうき）を鎮圧して、彼を斬りすてた。これによってアクミームを完全に掌握（しょうあく）し、留守を心配する必要がなくなったので、ヒルメスは南方アカシャへ向かって本格的に進撃したのである。

それが罠（わな）だったのか。ビプロスという人質がいたから、安心していたのはたしかだ。まさか、テュニプが平気で弟を見殺しにするような男だったとは。

これまで、テュニプはいくつもの要職をつとめたが、無難にこなした、というていどで、大功を樹（た）てたと聞いたことはない。ミスル国全体をだまして油断させるほどの策謀家であったのか。とすればパルスの「へぼ画家（ナルサス）」なみだが。

ヒルメスは、いちおう、つぎのように結論づけた。

東西ナバタイ連合のアカシャ攻撃は、実際にあったことだ。南方軍都督カラベクは、おそらく老齢と負傷とで病床にあるのだろう。長男テュニプはその状況を利用した。仲の悪い弟のビプロスを「急使」の名目で、遠い国都へと追い出す。その上で、ナバタイ軍と戦って撃退したか、父親のたくわえた財宝を贈って講和した。いずれにしても、アカシャを完全に確保した上で、第一峡谷まで軍勢の一部を北進させ、国都からの軍に先制の奇襲をかけたのだ。

カラベクは生きているだろうか。

ビプロスは、父の命を受けてアカシャを脱出したといっていたが、ビプロスがアカシャを出発した後で死去した、という可能性もあるわけだ。だとすれば、傷が重くなって死んだか、それとも、まさかテュニプが父親を手にかけたのであろうか。

「まさか、か」

ヒルメスの頰を、自嘲の翳りが流れ落ちる。父と子、兄と弟、叔父と甥が殺しあう実例を、彼は体験しているではないか。

血族どうしの殺しあいで手を汚していないのは、あの「アンドラゴラスの小倅」アルスラーンぐらいのものだ。それもアルスラーンがパルス旧王家の血脈を受けつがず、たいした身分の出身でもなく、どこの誰とも知れぬ無名の人間だったからである。

テュニプは父親を殺すどころか、そもそもナバタイの攻撃自体を仕組んだのかもしれない。父親が負傷して指揮能力をうしない、弟がいなくなれば、アカシャを支配するのはテユニプだけだ。

テュニプ自身が語ったように、アクミームには、彼の諜者が何人もいたにちがいない。それらの情報をもとに、テュニプは作戦を樹てた。「客将軍クシャーフル」が異国人であることは、テュニプにとって有利であった。

ミスル国におけるヒルメスの権力の正統性は、八歳の新王を擁している点にあるが、それも武力が背景にあってのことである。最初の敗北はしかたないとして、ふたたびテュニプに負けるようなことがあれば、ヒルメスの権力は、たちまち瓦解してしまう。手にいれたときと同様に。

つぎの戦いは、何としても勝たねばならぬが、具体的にどうするか。第一峡谷から上流は、テュニプの勢力圏にあることがすでにわかった。ただそのためだけに、大きな犠牲を払ったものだ——仮面兵団以来、忠実に彼にしたがってきたトゥラーンの勇士を、四十人もうしなうとは。

必勝のためには、テュニプの狐めを、第一峡谷より下流の平原部に引きずり出さねばならぬ。だが、どうやって？　新王の名において勅命を出し、国都アクミームに呼び出すか？　ばかばかしい。テュニプは公然と新王軍に叛旗をひるがえしたのだ。勅命など冷笑して黙殺するにちがいない。こちらに打つ策がないことを、わざわざ教えてやることにもなってしまう。

焦燥に耐えかねたヒルメスは、思いきって決断した。平原地帯に出た河の、ゆるやかな流れに耐えかねたのだ。地点を選んで船をおり、馬に乗りかえた。したがう者は、ブルハーン、バラクらトゥラーン人五十騎のみ。一万騎をもって結成された仮面兵団の、最後の生き残りである。

船団の指揮はパルス人の将フラマンタスにゆだね、ヒルメスは肥沃なミスルの平原を駆けぬけた。

国都アクミームの城門をくぐると、ヒルメスは帰宅せず、そのまま王宮に直行した。とにかく新王と王太后の身柄を確保しておかねばならぬ。夜を徹して馬を走らせたため、身体は疲れているはずだが、それをさほど感じることはなく、睡気にいたっては、一片も存在しなかった。

宰相グーリイは、おどろいてヒルメスを迎え、話を聴いて顔色を変えた。

「ど、どうなさるおつもりか、客将軍」

グーリイはひたすらヒルメスに質す。ヒルメスの武断的な援護がなければ、自分で大事を決することはできない男だ。行政を処理したり役人たちを管理したりする能力はあり、役には立つが、緊急時にはどうにも頼りにならない。

「これでは、うかつにアクミームを離れることができぬではないか」

野戦を好むヒルメスは不快になったが、考えなおした。当然ながら、国都アクミームの城壁は、ミスル国でもっとも高く、もっとも厚く、もっとも堅固である。この城壁に拠って守りをかため、新王の名で「逆賊テュニプを討伐せよ」との勅命を四方に飛ばす。テュニプが利口なら——すでに充分、証明されたことだが——アカシャに帰還して、第一峡谷より南の勢力圏をかためるだろう。後は持久戦ということになる。

「し、しかし、テュニプが攻撃してきたら？」

「やつが図に乗って平原に出てきたら、おれが騎兵をもって掃滅してくれよう。心配なさるな、宰相閣下」

ディジレ河の河口から第一峡谷にいたる広大肥沃な穀倉地帯。そこさえおさえておけば、負けるはずがないのだ。テュニプがどれほど奸智に長けているか知れぬが、まさかディジレ河の流れをせきとめられるはずもない。

ヒルメスは何とかグーリイをおちつかせ、新王と王太后の身柄を確保しておくよう再三、念を押して王宮を出た。安心したわけではなかったが、王宮にいすわったまま軍を指揮することはできない。

ようやく疲労が募ってくるのを感じながら、公邸である客将軍府にもどる。ミスル兵、パルス兵、トゥラーン兵それぞれの指揮官に指示をあたえて、ミスル産のまずい茶を飲んでいると、パルスの商人ラヴァンが不安そうな顔でやってきた。

「何だ、百万の大軍でも攻めてくるとでも思っているのか」

「いえ、そのような。世に、百万の兵を動員できる者は、絹の国(セリカ)の皇帝(ハーカーン)だけと申しますからな」

「それを国境と国内の守りにだけ使っておるそうだな。宝の持ちぐされだ」

「まあ、絹の国の国境は長うございますからな。それはそれは広大な国で……国境線を全部つなぐと、大陸公路より長くなるとの説もありますほどで……」

「おもしろい話だ。いずれ、ゆっくり聞かせてもらおう。いずれ、があればな」

「はあ、どういう意味でございましょう？」

罪のなさげなラヴァンの顔を見て、ヒルメスは急に腹が立ってきた。

「とぼけるな。きさま、アカシャには何度も行ったろうに、テュニプがあんな曲者(くせもの)だとは一言も教えなかったではないか」

Ⅳ

「くわばら、くわばら」

パルスの商人は、首と肩を同時にすくめてみせた。ヒルメスは微笑のかけらも浮かべず、危険な目つきでラヴァンをながめやった。これまでラヴァンを本気でうたがったことはなかったが、それこそ甘かったのではないか。

「ラヴァンよ、お前はいろいろな商品を売買しているが、そのなかに、情報というものもあったな」

「はい、はい、まあさようで……」

「おれが金貨百枚で、きさまから情報を買った後、のこのこテュニプのところへ出かけて、金貨二百枚でおれの情報を売った憶えはないか」

「と、とんでもないこと。商人は信用だけが財産でございます……どうもお疲れのごようす。これで失礼いたします」

あたふたと退出するラヴァンを、ヒルメスは引きとめなかった。ラヴァンの態度を見れば、斬りすててもよかったような気がするが、「かってにしろ」という思いのほうが強い。

テュニプの攻撃を前に、ラヴァンどころではなかった。

「……しかし、おれにつくしてくれた者は、みな死んでしまった。イリーナ、カーラーン、ザンデ……サームも死んだと伝え聞く。おれは疫病神だな。いまいる者もどうなるか……」

フィトナやブルハーンに考えがおよぶと、ヒルメスの苦い気分は、あと数歩で恐怖の域に達するほど深まった。自分は永遠に安寧を得ることができず、孤独の旅を生涯つづけることになるのではないか。パルスでも、仮面兵団をひきいてシンドゥラに攻めこんだときも、ここミスルでも、九割がた成功していたのに……。

「いや、弱気になってはならぬ。おれは自分一代でミスルにあらたな王朝をつくりあげるのではなかったか」

疲労を振りはらって、ヒルメスは孔雀姫フィトナの姿をさがした。彼女と出あって以来、思えばヒルメスは彼女の希みに応えて動いてきた。悪くいえば、そそのかされてきたようなものである。

ヒルメスと結ばれたイリーナ姫は、政治や軍事に関して、いっさい口を出さなかった。ただひたすら、ヒルメスとともに在ることを喜び、手をとりあっての散歩を好み、露台からながめおろすヘラートの市街や周囲の山々がどのようなものか、ヒルメスが語るのを聴(き)いて熱心にうなずいた。

ただイリーナが歎(なげ)いたのは、姉のミリッツァ内親王(ないしんのう)のことである。マルヤム国王ニコラオス四世の長女として生まれ、ルシタニア軍来襲に際して、不屈の抵抗をしめした。両親が降伏したあげく殺されたとき、盲目の妹イリーナをつれて王宮を脱出し、ダルバンド内海に面したアクレイアの城にたてこもって、抗戦すること二年におよんだ。内通者が出て落城するにおよび、イリーナを船に乗せて逃がし、みずからは城塔(じょうとう)から身を投げて内海に沈んだ。

「ミリッツァ姉さまは、ほんとうにりっぱな方でした。姉さまがいらしたからこそ、アクレイアの城は二年も保(も)ちこたえたのです」

妻の話を聴いて、ヒルメスも思ったものである。もしミリッツァが男で、国王としてマルヤム軍を統率していたら、マルヤムは亡(ほろ)びなかったかもしれない、と。

ヒルメスには、口が裂けても妻に告げられない秘密があった。マルヤムを侵掠したルシタニア軍の陣中には、ヒルメス自身がいて、当時の王弟(おうてい)ギスカールの諮問(しもん)に応じ、軍略を提供していたのだ。ときには、みずから兵をひきいて、マルヤム軍と交戦し、あるいは地方の町や村を劫掠(ごうりゃく)したりもした。

彼はそれまで、ルウム、マウレタニア、ガラティア、ザルフィ、カザール、ダスタードなどさまざまな諸国を流亡していたが、皮肉なことに、ルシタニアにだけは赴かなかった。他の諸国に較べて、とくに傑出した点もなく、学ぶところもない、と、思っていたからだ。ところが、一時滞在していたマルヤムへ、ふたたび立ち寄ってみると、何とそのルシタニア軍が、侵攻しているさなかだった。

　このときヒルメスが剣をとってマルヤムのために闘っていたら、英雄美談がひとつ誕生していたかもしれない。だが、ルシタニアが国をあげて民族移動をする覚悟で、パルスまでも征服する気でいることを知ったとき、ヒルメスは躊躇なく、復讐鬼の途を選んだ。ルシタニア軍を利用して、パルスを自分の手に奪りもどそうとしたのである。

　正直このときヒルメスは、子供のころ遇ったイリーナのことを忘れてしまっていた。マルヤム軍を追いつめていくうち、「盲目の姫君」の話を聞いて、想い出したのである。

「無事であってくれればよいが……」

　自分のやっていることと矛盾した考えを抱きながら、ヒルメスはマルヤム全土をルシタニア軍に占領させ、パルスへの侵掠計画をすすめた。宿将カーラーンを味方に引きこんだときには、ルシタニアの王弟ギスカールをずいぶん喜ばせてやったものだ。その後、パルスの街道で、落ちのびてきたイリーナの一行と出あったときの驚き……。

　ヒルメスと肌を接して寝ていた女性が、不意に半身を起こした。乱暴な動作だった。

「フィトナ、どうした？」

「ヒルメスさまが、どなたか他の女のことをお考えのように思えましたので」

すねたようなフィトナのようすを見て、ヒルメスは、彼女の鋭敏さにおどろき、同時に「やはりこの娘とイリーナはちがうな」と感じざるを得なかった。

「死んだ女だ」

短く答えて、ヒルメスは、自分も半身を起こした。フィトナは一瞬の間をおいて、ヒルメスの頸(くび)に両腕をまわした。だが、その動作に、甘さはあったが慈(いつく)しみは欠けていた。イリーナには豊かにあったものだ。どうしてもイリーナとフィトナを較べてしまう自分に、ヒルメスは好感を持てなかった。

フィトナはそれ以上は詰(なじ)らず、ヒルメスの求めに応じて葡萄酒(ナビード)を運んできた。話題にしたのは、色香と縁のないことだった。

「第一峡谷という呼びかたをするのであれば、第二峡谷とか第三峡谷とかも存在するのでしょう？」

ヒルメスは小首をかしげた。

「ふむ、たしかにそうだな。それも、下流から算(かぞ)えることになるから、名づけたのはナバタイ人ではなく、ミスル人だ」

「なぜ、そのように重要なことを、ヒルメスさまにあらかじめ教えなかったのでしょう」

「ミスル人にとっては当然のことだから、教える必要をおぼえなかったのだろう」

そう答えながら、ヒルメスは、自分がこの国にとって異国人であることを、あらためて感じた。

葡萄酒を口に運んだとき、ヒルメスは、舌の奥に奇妙な違和感をおぼえた。一瞬、毒でもはいっているのか、と思ったほどだ。そうではなかった。フィトナが、とくに弁解する口調でもなく、説明した。

「パルスの葡萄酒が、あいにく切れておりましたの。ですから今夜はミスル産の良いものを選びました」

ヒルメスは、だまってうなずいた。戦さがうまく運ばなくなると、たかが葡萄酒まで、思いどおりに飲めなくなる。こまかいことだが、自嘲せざるをえなかった。

「ヒルメスさま」

フィトナのやわらかい掌が、ヒルメスの火傷の痕に触れた。心地よい感触ではあったが、なぜかヒルメスの違和感はさらに強まった。

「むずかしい情勢のようでございますけど、あなたさまならきっとご勝利をあげられます。わたくしの見こんだ御方でございますもの。いったい何者が、あなたさまとわたくしを、さまたげることなどできましょう」

フィトナの甘いささやき。この娘は夢を見ている。そうヒルメスは感じた。血の匂いたつ夢を。おれは、たまたまこの娘に出あっただけで、彼女にとっては他の男でもよかったのではないか。

扉をたたく音に、ヒルメスが出てみると、緊張した表情でブルハーンが告げた。

「第一峡谷から船団が突出してまいりました。その数、およそ二百」

ヒルメスは立ちあがり、すばやく思案をめぐらせた。船の数が二百艘なら、兵数は一万五千から三万というところであろう。むろん、船の大小にもよるが、それなら充分に対抗できる。彼はすばやく軍装をととのえた。

広間へ出ると、残りすくなくなった部将たちが「客将軍クシャーフル」を迎えた。ブルハーン、バラク、フラマンタス、セビュックらである。

「やつらは上陸したか？」

「いえ、船に乗ったまま前進をつづけておるようです」

ミスル人部将シャカパの声に、隠しきれない動揺がこもっている。ミスル人どうし相撃つことに不安があるのか。無言で、ヒルメスは広間を出て馬にまたがった。部将たちがそれにつづき、さらに兵士たちがつづいて、ディジレの河岸に到着する。

ヒルメスが夢見た光景が、眼前に出現していた。ディジレ河の流れに乗って、勇壮な軍船団が南から北へ、波を切り裂いて前(すす)んでいくのだ。だが現実の世界において、その壮挙をなしとげたのは、ヒルメスではなく、テュニプであった。

つい先日まで、ろくに名も知らなかった辺境の男。父カラベクの名声に隠れて、行政官としても将軍としても平凡と見られ、四十歳になっても「カラベクの長男」としか表現されていなかった男。それが、いま、ミスル国簒奪(さんだつ)というヒルメスの野心を、力で撃ちくだこうとしている。

ヒルメスは、陽光をさえぎる黒雲のようなミスル人を、絶対に斃(たお)さねばならなかった。

V

河岸にそって展開する歩兵部隊は、テュニプの軍船団を見送るだけで、一本の矢も放たない。そのありさまを見て、ヒルメスは赫(かっ)となった。歩兵部隊の指揮官に馬を駆け寄せて、馬上から一喝(いっかつ)する。

「なぜ攻撃せぬ!?」

「な、なぜと申して、あれはわが軍の船団ではござらんか」

白い帆、黒い円、黄金の三日月。たしかにミスル軍の象（しるし）である。テュニプの統率する「叛乱軍（はんらんぐん）」ではあるのだが、第一峡谷における敗戦を、ヒルメスやグーリイは公表していないから、河岸を守備する部隊が実状を把握できないのは当然であった。

それどころか、河岸近くに住む民衆はぞろぞろ見物に出てくるし、子供たちは飛びあがって軍船に手を振り、軍船上の兵士たちがそれに応（こた）えると、よろこんで笑う。軍船について河岸を走り出す子もいる。そうすると、河岸を守備する部隊も、船団の偉容を見物したり、さわぎまわる子供たちを叱（しか）りつけたりで、要するに、戦う態勢などないのであった。

「陸へあがってこい、そうすれば……」

トゥラーン兵を先頭に立て、馬蹄（ばてい）のもとに踏みにじってくれる。

ヒルメスの憤怒と焦燥（しょうそう）を、テュニプの船団は無視した。白地に黒丸の帆の他にも、青や黄の三角旗を立て、帆走（はんそう）するだけでなく、漕（こ）ぎも加えて、国都へと前（すす）みつづける。たまりかねたヒルメスは、陸上から船団へ火矢を放つよう直属の部隊に命じた。命令はすぐ実行されたが、船団も応戦してくる。

陸地と船団との間、ディジレの河面の上空は、飛びかう火矢で埋めつくされた。

この火矢合戦は、陸側が有利に見えた。何十枚もの帆が火につつまれてはためく。敵はつぎつぎと帆を切り離し、漕ぐだけで前進をつづける。船団の上空を、火のついた帆が火炎鳥さながらに飛びくるい、目をみはるような光景であった。

ヒルメスが有効な策を打てぬまま、テュニプの船団はついに国都の河港に突入してしまった。ここでテュニプは辛辣な手法を使った。火や矢で傷ついた軍船の舷側に兵士たちを列べ、声をそろえて叫ばせたのだ。

「客将軍クシャーフルはパルス人だ。パルス人にミスル国を支配されてよいのか。ミスル国はミスル人のもの、ディジレの流れは、ミスル人の血と汗そのものだ！　それを、みすみすパルス人に奪われてどうする？　心ある者は何でもよい、武器をとって起て！」

テュニプの煽動は、最初それほど効果をあらわさなかった。ミスル軍とパルス軍は、隣国どうしの慣いとて、何度も戦いをまじえてはいる。だが、ミスル人の大部分を占める農民たちは、べつだんパルス人に怨みはない。たがいに通行も交易もあり、ミスル人のなかには、パルス人の商店で買物をする者もおれば、パルス人に雇われて働く者もいる。

しかし、誰かが気づいてしまう。パルス人を敵にしたてれば、パルス人の財産を掠奪し、日ごろの不平不満のはけ口にすることができる。そして、どのような狼藉をはたらいても罰せられることがないのだ、ということに。

「パルス人をやっつけろ！」

「おれは以前、パルスの悪徳商人にだまされたことがある」

「おれの親戚は小麦を安く買いたたかれた」

「水で薄めた葡萄酒を売りつけられた」

「借金の抵当に、家をとられた」

「パルス人の業者は、手抜き工事してるぞ」

真偽とりまぜた叫び声が連鎖し、暴風となって渦巻いた。ミスル人たちは棒や肉切り包丁をつかみ、石をひろって、パルス人の家や店に押しかけた。門をたたきこわす。塀によじ登る。扉を打ち破る。パルス人たちは悲鳴をあげて助けを求め、逃げまわる。抵抗しようとする者は、たちまち暴徒の群れに押しつぶされた。

「火をつけろ！　焼いてしまえ！」

興奮した声に応じて、火をつけられた布きれや、油の壺が宙を飛ぶ。

市街の各処に火の手があがった。ミスル人たちの誰かが、パルス人の家に松明を投げこんだのだ。それに応じて、油をかける者が、かならずいる。赤から黄まで、さまざまな色の炎が市街を不吉な宝石のように飾りたて、煙が晩夏の風に乗って舞いくるった。

硝子や陶器の割れる音がひびく。憤然として家から飛び出してきたパルス人は、たちまち棒の乱打をあび、血に染まって、群衆の波のなかに沈んでいった。

「こいつ、質屋のママレークじゃないか」

「いつも暴利をむさぼりやがって、いい気味だ」

「おい、銀の皿が何十枚もかさねてあるぞ」

「それはおれがあずけておいたものだ、よこせ」

「証拠もないくせに、あつかましいことをいうな！」

王宮へは、テュニプ麾下(きか)の「叛乱軍」が殺到していた。守るもミスル兵、攻めるもミスル兵である。門前で衝突がおこり、刀槍(とうそう)が炎にきらめいて、十数人の死者が出たが、同胞(どうほう)どうしであることを想(おも)い出すと、たがいに盾を持って押しあうだけになった。その機会を、馬上のテュニプは見逃さなかった。大声を張りあげる。

「ミスル人は殺さぬ。武器を棄(す)てて投降すれば、罪は問わぬ。武器を棄てぬというなら、それをパルス人どもに向けよ。簒奪者(さんだつしゃ)クシャーフルを討ちとれば、恩賞は意のままぞ！」

みなぎっていた緊張に、ほころびが生(しょう)じた。かたい金属的な音がする。ミスル兵のひとりが槍(やり)を地上に投げ出したのだ。

最初のひとりが例をしめすと、他の兵士もつぎつぎとそれに倣(なら)った。槍だけでなく、盾も投げすてられ、いくつもの丘ができた。

こうして、ヒルメスは、戦わずして一万の兵をうしなったのである。

ミスル一国を奪う、という彼の野心は壮大なもので、前王ホサイン三世を殺害させ、八歳の新帝を擁立するまでは完璧に事を運んだ。だが彼は、ミスル人にとっては不意に出現した異国人であり、支配したのは王宮だけで、ミスル人全体の人心を得るには、あまりにも時間がなさすぎた。結果として、テュニプにとっては、満を持した計画を実行にうつす絶好の機会となったのである。

王宮を占拠したテュニプは、当然のごとく宰相グーリイを呼びつけた。

「唯々としてパルス人の下僕になりさがり、ミスル国を売ろうとした。その罪、万死に値する」

宰相グーリイは気絶しかけた。テュニプは皮肉っぽい目つきで、兵士たちに命じて、グーリイを椅子にかけさせた。

「……といいたいところだが、このような政変を主導したのがおぬしでないことは判明しておる。また、国政がこれ以上とどこおってもこまる。分不相応な宰相位を返上し、今後の忠誠を誓うなら、死刑は免除してくれよう」

「ま、まことに……？」

「嘘はいわぬ。新王陛下のもとへ案内してもらおう」

グーリイはわずかに生色をとりもどし、テュニプらを先導して王宮の奥へと案内した。

新王母子の姿は居室には見あたらず、ただちに捜索が開始された。

王太后(おうたいこう)ギルハーネは八歳の息子サーリフを抱いて、庭園の一隅に隠れていた。有翼獅子(グリフォン)の大理石像の蔭(かげ)から引きずり出されると、王太后は悲痛な声でうったえた。

「お助けを……お助けくださいまし。わたくしと息子を殺さないで！　それがだめなら、息子だけでも助けて。まだ八歳なんです」

テュニプは冑(かぶと)をぬいで小脇にかかえると、ひざまずいて礼をほどこした。

「国王陛下、王太后陛下におかせられては、ご無事のごようす。臣(しん)らも安堵(あんど)つかまつりました」

「………」

「両陛下は、わが配下の者が守りまいらせます。両陛下には指一本、触れさせませぬ。どうぞご安心を。お望みのものがございましたら、何なりとお申しつけください」

半信半疑の表情で、母子が居室へつれていかれると、テュニプは立ちあがった。

「さて、一番やっかいなのが残っておるな。客将軍府(アミーンルフ)のほうは、どうなっておる？」

「三千の兵で、完全に包囲いたしております」

「敵の数は？」

「パルス人が百名、トゥラーン人が五十名ほどかと」

テュニプは口もとをかるくゆがめた。

「これで負けたら、末代(まつだい)までの笑いものだな。よし、まずは攻撃をかけてみよ。少数とあなどって、不覚をとるでないぞ」

テュニプは馬を駆って客将軍府へ到着した。それが攻撃開始の合図となった。ミスル兵たちがいっせいに弓をかまえたとき、鋭い羽音とともに、一本の矢がテュニプの冑にあたってはね返った。建物の二階からブルハーンが射放ったものである。

「門を破れ！」

その後は、一挙に白兵戦となって、破れた門からミスル兵が突入し、それをトゥラーン兵とパルス兵が迎えうつ。剣と剣、槍と槍、盾と盾がぶつかりあい、異音(いおん)がたちこめた。

トゥラーン兵たちの闘いぶりは凄惨をきわめた。直刀(ちょくとう)をふるって斬り、槍を突き出して刺し、盾で殴(なぐ)りつける。

「どうせトゥラーンに帰れぬ身なら、ここで死ぬぞ！」

「トゥラーン人の矜(ほこ)りを忘れるな！」

「ひとりでも多く道づれにしろ！」

人血が奔騰(ほんとう)し、首がころがり、腕が宙を飛ぶ。斬り倒されたトゥラーン兵までもが、血まみれの身体(からだ)を地に這(は)わせ、直刀をふるってミスル兵の足首や臑(すね)をなぎはらう。

ミスル兵たちは怯(ひる)んだ。彼らは勝者であり、勝ったからには生き残って恩賞をもらわねば損であった。死兵（しへい）と化したトゥラーン兵に殺されるのは、あまりにもばかばかしい。

「後退しろ、後退しろ！」

誰かが悲鳴のように叫んだとき、ミスル兵の死者はすでに百五十人をこえていた。これに対し、トゥラーン兵の死者は二十人もおらず、ただ大半が自他の血にまみれ、呼吸は炎のごとく、心臓は扉を乱打するかのような音をたてている。

「遠巻きにして射殺せ！」

そう叫んだミスル兵が、一瞬の後、トゥラーン兵の投げた直刀で咽喉（のど）をつらぬかれ、回転しつつ倒れる。白手（すで）になったトゥラーン兵は、倒れているミスル兵の手から槍をうばうと、朗々と名乗った。

「おれはトゥラーン人バラク。シルア河（ダリア）の水を飲んで育ったおれが、きさまらごときに斃（たお）されてなろうか」

左から右から、同時にミスル兵が躍りかかる。バラクは高らかに笑うと、水平に持った槍を左右に奔（はし）らせた。左のミスル兵が咽喉をつらぬかれ、右のミスル兵が柄（え）の先端で鎖骨を突きくだかれる。つぎの一瞬、バラクは笑ったまま地に倒れ伏した。背中に深々とミスル兵の槍が突き立っていた。

ヒルメス自身も激闘を演じていた。剣が風をおこし、その風に乗って、血が宙に流れをつくる。

ミスル人たちが感情のはけ口を求めているとすれば、ヒルメスも同様だった。加えて、無勢に対する多勢である。容赦する必要も余裕もなかった。

ヒルメスは、正面に立ちはだかった男の顔面を突きくだいた。頭部が血の塊(かたまり)となって弾(はじ)ける。左から棍棒(こんぼう)を振りおろしてきた男の右腕を、肘(ひじ)からたたき落とした。絶叫。棍棒を握りしめたままの腕を蹴とばし、一転、右から斬りこんできた男の胴を、左から右へ、半(なか)ば両断した。悲鳴。あらたに前方から突進してきた男の斬撃(ざんげき)を、身体を開いてかわし、前のめりになったところ、刃を頸部(けいぶ)にたたきこむ。

ほとんど一瞬で、四人が血泥(けつでい)のなかに斃れた。怯んで退こうとする。それより迅速(はや)くヒルメスは敵に肉薄(にくはく)した。剣光一閃(いっせん)、ふたつの首が宙を舞う。突き出された槍をつかむと、引ったくって、もとの持ち主を一撃に突き殺す。多数でひとりを包囲しながら、ミスル兵たちは色をうしなった。

VI

「強いな」

テュニプが感歎の声をあげた。すでにトゥラーン兵はほとんどが斃れている。

「矢で射殺しましょう」

「あの乱闘のなかでか？　わが国に、それほどの弓の達人がいるとは知らなかったな」

テュニプは冷静に戦況を見守った。またひとり、ミスル兵が血の塊となって地にころがった。さらにひとり。またひとり。ヒルメスひとりのために何十人が殺され、さらに殺されていくのか、見当もつかない。

「客将軍クシャーフル卿！」

呼びかけたが、乱刃乱槍のひびきと悲鳴とが、彼の声をかき消した。

屋敷の二階では、孔雀姫フィトナが、テュニプの諜者と対峙していた。彼女はこの男を信用し、飼い慣らしたつもりでいた。黒人宦官ヌンガノを。

「ヌンガノ、そなたは……」

「お赦しくださいませ、孔雀姫」

黒人宦官は頭をさげた。ふたたび頭をあげたとき、その両眼には、哀愁の翳りがあった。

「あなたさまをだましたのは、心の傷むことでございました」

「おや、そう、口では何とでもいえるわね」

「真実でございます。私をまともにあつかってくださったのはあなたさまだけでした」

「ミスルを怨んでいるのね、ヌンガノ」

「おお、私めは聖人ではなく、凡人でございます。野獣のように追われ、家畜のように売買され、男でも女でもない身体にされてしまいました。怨まずにおられましょうか、憎まずに生きていけましょうか」

ヌンガノは、骨ばった両手を握りしめたが、すぐに力なく開いた。フィトナが追及する。

「わたしのことも憎んでいるのでしょう」

「孔雀姫さまには、何の怨みも憎しみもございません。ひどい目にあわせるなど、とんでもない。あなたさまにふさわしい待遇をさせていただきます」

フィトナの名を呼ぶ声が聞こえた。ヒルメスが捜しているのだ。

「それでは、ヒルメスさまは……」

「は？　ヒルメスとは、誰のことでございます？」

「いえ、他の人とまちがえたわ。客将軍クシャーフルさまのことよ」

フィトナはごまかしたが、ヒルメスの名はすでにヌンガノの脳裏にきざみこまれてしまったようであった。

「……あの方は、もともとパルス国のお人。パルスへ帰っていただけば、それ以上、追及されることはないはずでございます」

「お前のほんとうの主人がそういったのか」

ヌンガノが愕然として振り向いた。ヒルメスが彼の後方、十歩ほどのところに立っている。一瞬、ヌンガノは死を覚悟した。だがヒルメスは、彼に対して何の興味もなさそうで、投げやりに問いかけた。

「パルスへ帰れば罪は問わぬ、といったな」

「そ、そうしていただければ、万事まるくおさまりまする」

「妙に寛大ではないか」

「あなたさまは、意図せぬこととはいえ、ミスル国内を攪乱してくださいました。その報酬と申しあげるのも失礼ですが、金貨千枚ていどはさしあげるよう、主人から申しつかっております」

「金貨千枚？」

ヒルメスは笑った。真冬の砂漠のような笑い。乾ききり、冷えきった笑いだった。ヌンガノの表情から安定感が消え、警戒心が浮きあがってくる。だが、ヒルメスの返答は、ヌンガノの予想をはずした。

「もらっておこう」

このとき息をのんだのはフィトナであった。

「パルスであろうと、どこであろうと、旅をするには費用がかかるからな。そして、どこに住みつこうと、おれには、農民の忍耐も、商人の才覚もない。ふふ、おれにはお似あいの報酬だ」

「……二千枚さしあげましょう」

ヌンガノは額から頬にかけて、冷たい汗を流した。ヒルメスは、つまらなさそうにうなずいた。

「そいつはありがたい。もしかして、おれには、交渉の才能があるのかな。とすれば、市場の片すみで、小商いぐらいはできるかもしれんな」

ヌンガノに向かって、ヒルメスは顎をしゃくった。

「フィトナと話がある。場をはずせ」

黒人宦官は、すなおに退出していった。

「ヒルメスさま」

「フィトナ、不満そうだな」

「はっきり申しあげます。わたくし、失望いたしました。たった金貨の千枚や二千枚で、ヌンガノの非礼な申し出をお受けになるなんて」

美しい瞳に、炎が燃えている。熱い情愛の炎ではなかった。

「そなたは、おれにこういってほしかったのだろう？　『わずかな金貨などいらぬ、おれがほしいのはミスル国だ』と」

「ええ、さようでございます。わかっておいでしたのね。その上で、あなたさまは、ヌンガノの申し出をお受けあそばした……」

「帳の裏に、弓箭兵がひそんでおる。いまこのときもな。二、三十人ではきかぬ数だ。いかにおれでも、すべての矢を払い落とすことはできぬ」

フィトナの声が、高く鋭くなった。

「それならそれで、よろしかったではございませんの？　英雄の死というものでございましょうに。生命を惜しまれるような方とは、思いませんでした」

「英雄か」

ヒルメスは笑う形に口を開いたが、笑声が発せられることはなかった。かわりに、ヒルメスは乾いた声で告げた。

「フィトナ、いや、孔雀姫、そなたには、ミスルの女王の座がふさわしい」

「あなたさまには国王の座が……」

「いや、おれにはすぎた座だった」

ヒルメスは素直に応えた。テュニプが人の世を超える英傑だとは思わないが、そのテュニプに敗れ去るようでは、ミスル一国を手に入れることなど、できようはずはない。

あらためてヒルメスはフィトナを見つめ、甲の内側から銀色の物体を取り出した。かつてフィトナから受けとった腕環の半分である。

この娘との縁は、濃く烈しかったが、深くも長くもなかった。フィトナはミスルで生きるべきだ。テュニプを籠絡してもよし、後宮が再建されたらはいりこむもよし……イリーナとの想い出から逃れられぬヒルメスに、フィトナを縛りつける資格はなかった。

フィトナはヒルメスを正視したまま、しなやかな腕を伸ばした。ヒルメスの掌をはねのけるか。腕環をとるか。

フィトナが選んだのは後者だった。冷ややかな視線がヒルメスの顔を横切り、室内を半周して一点にとまった。

いまや国都の主となったテュニプの姿に。

Ⅶ

「ようやく出てきたか。感心だな。最後の挨拶をしてくれるというわけか」

テュニプは肩幅が広く、胴体も太い。ずんぐりした体形の中年男は、ゆっくりと頭を振った。

「クシャーフルどのと闘う気はない。勝てそうにないからな」

「一騎打ちする気がないなら、なぜ名乗り出てきた？」

「提案がある」

「提案だと？」

ヒルメスは、ゆがめた口もとから、ゆがんだ笑いを吐き出した。

「提案とは、よくいった。ミスルでは、降伏勧告のことを、提案というのか」

「おぬしのミスル語より、おれのパルス語のほうが、まだましなようだ。切り替えよう。おれはあくまでも提案を申し出ているのだ。降伏しろとはいわぬ。先ほどヌンガノが申したはず」

「金貨二千枚で出ていけ、というやつか？」

テュニプは、散乱する屍体を見まわし、鼻をつく死臭に顔をしかめた。

「互角の交渉をしたいのだ。これ以上、闘えば、おぬしを討ちとることができたところで、味方も何十人殺されるか知れたものではない。おぬしの野望は潰えた。無益な闘いはやめて、ミスルから出ていってくれぬか」

「追放か」

「退去だ」

両者は視線をぶつけあった。ヒルメスはたたきつけるように声を投げつけた。

「おれはおぬしの弟を殺したぞ。仇を討つ気はないのか？」

「ビプロスか。是非もない。運がなかったのだ」

ヒルメスが正視すると、テュニプは、まともにその視線を受けとめた。

「おれは父からうとまれていた。父は弟のほうを愛した」

「よくある話だ」

「まったく、よくあるくだらぬ話だ。だが、四十年もそれがつづけば、英雄ならずとも、計画を立てて機会を待つ心がまえができる」

テュニプは広間の扉を指さした。

「さあ、行ってくれ。追いはせぬ。卑怯と呼ばれるのも好まぬ」

「よかろう」

ヒルメスは剣から血を振り落とすと、むぞうさにテュニプに背を向けた。まるで、テュニプの背後からの斬撃を誘うように。

テュニプはかるく目を細め、腕を組んだ。斬撃をあびせようとした瞬間に、振りかえりざまの一刀を受ける。そのことを理解している表情であった。扉が開いて、閉ざされると、テュニプは腕をほどき、息を吐き出した。

「あの男は、生きていれば、かならずまたあらわれるだろう。軍勢をひきいてな。そして、おれたちの顔に二千枚の金貨をたたきつけるにちがいない」

「生かしておいてよろしいので？」

「生きていれば、と、いっただろう？　どこか遠くの国で死んでくれれば、ありがたいのだがな。それより、ヌンガノ」

「何でございましょう、テュニプさま」

「そなたには今後、グーリイを監視しながら国政を処理してもらわねばならん。たよりにしてよいのだろうな」

「微力をつくしまする」

「利口な返事だ」

薄く笑うと、テュニプは孔雀姫フィトナに視線を送り、ゆっくりと表情を変えた。


アクミームの港は、北の海に開いて、西方諸国へ通じている。かつて、ヒルメスの忠臣ザンデが無念の最期をとげたとき、愛人だったパリザードが浮かんだのも、この港のはずれであった。

出航まぎわの帆船「ラビヤーナ」で、乗降用の渡り板が乱暴に鳴りひびいた。馬に騎ったまま、ふたりの男が船上へ走りこんできたのである。

「この船は、どこへいく？」

問うたのは、右半面に火傷の痕がある三十歳すぎの男である。彼にしたがう若い男が腰の直刀に手をかけているのを見て、船長はどなり声をのみこんだ。

「マ、マルヤムだ。マルヤム王国へ、小麦と綿を運んで、帰りは羊毛とオリーブ油を……」

「マルヤム？　たしかだな」

「う、嘘はつかぬ」

「では乗せてもらおう。正当な料金は支払う」

火傷の痕のある男は金貨を五、六枚、船長の足もとに投げつけた。前払いであろう。

「マルヤムか。ふふふ、神々も悪戯が過ぎて、後始末にお困りとみえるわ」

現在、マルヤム国王はギスカールのはずだ。かつてのルシタニア国の王弟。その事実を、八月二日にヒルメスはラヴァンの口から知らされた。思わず失笑したものだったが、いまや失笑されるのはヒルメスのほうである。

火傷の痕のある男、つまりヒルメスは、急に若い男をかえりみて名を呼んだ。

「ブルハーン」

「はい、ここにひかえおります」

「おれはマルヤムへ赴く。そう決めた。どうだ、ついて来るか？」

ブルハーンは目をみはった。即答できぬようすで、ヒルメスを見返す。

「ついてこないなら、それでかまわぬ。金貨を千枚くれてやるから、好きなところへいって身を立てろ。おれはもう、お前に対して語る夢を持たぬ」

ヒルメスの言葉に、トゥラーン人の青年武将は強く頭を振った。

「いえ、どこへでも随伴いたします。死ねばそれまででしたが、生き残ってしまいました。太陽神のお決めあそばしたことでしょう。どうか、おつれくださいませ」

「物好きなやつだな。おれについてきても、ろくなことにはならん、と知れただろうに。お前の同胞を、おれはみな死なせてしまった。この船をおりるなら、いまのうちだぞ」

「いまさら、そのようなことをおっしゃるとは、なさけのうございます。ひとたびご主君とあおいだからには、死ぬまで心変わりはいたしません」

「そうか、わかった、ではいっしょに来い」

ヒルメスは上方を見あげた。帆が風をはらんで大きくふくらむのが見えた。すでに九月も半ばをすぎている。マルヤムに到着するのは十月にはいってからのことだろう。

　マルヤム国王ギスカールは、四十歳をこえたばかりである。もともと長身でたくましく、たのもしそうな容姿の持ち主であったが、正式に王位に即(つ)いてからは、一段と風格を増したように感じられる。

　十代のころから女性たちに騒がれ、けっこう遊びもしたが、度をすごすことはなかった。政治のほうに興味があり、十五歳で父王に願い出て、国政に参与(さんよ)していたからである。むろん、そのときはマルヤムではなく、ルシタニアの国政であった。

　兄のイノケンティスは、国教たるイアルダボート教にのめりこみ、一度ならず俗世(ぞくせ)を棄(す)てて修道院にはいろうとした。無欲といえば無欲だが、むろん父王が許すはずもなく、いやいや王位に即いたのである。

　ギスカールとしては、国政に興味のない兄を見て、腹を立てずにはいられなかった。外国のことを知るにつれ、ルシタニアの貧弱な国土にしがみついているのがいやになり、愛情が薄れていった。いくら富国強兵の策を樹(た)てても、兄王は砂糖水を飲みながら、うるさげにうなずくだけであった。

ギスカールは戦さがきらいではなかった。そもそも戦さを好まぬなら、パルス国の侵掠や、マルヤム国の征服など、考えるはずもない。両国の不幸の原因を、ただひとりの人間に求めるなら、それはギスカールその人といってよかった。亡きジャン・ボダンが、いかに「異教徒の殲滅」を呼号しても、彼に戦さの総指揮などできるはずがなく、口先だけで終わってしまったであろう。また、ヒルメスには、マルヤムの旧王朝を亡ぼす意図はなく、彼がマルヤム征服に参加したのは、ギスカールの歓心を買うためであった。

ただ、ギスカールは、戦さに現実的な利益を求めていたから、ボダンのように無益な虐殺はしなかったし、ヒルメスのように激情におぼれることもなかった。最後にボダンを殺した件については、たしかに憎悪もあったが、何よりも生かしておけば害になったからである。

現在、ギスカールは新マルヤムの国王として、むだな戦さを避け、国家の建設に励んでいる。もともと富裕なパルス国を奪うつもりだったのに、手もとに残ったのはマルヤム国だけであった。故国のルシタニアよりはましだ、と自分自身に言い聞かせながら、ギスカールは着実に国づくりを進めていった。

このままマルヤムの国境内にとどまり、国を富ませることに専心し、名君として終わる可能性もあった。だが、ギスカールの胸中には、まだ野心の火山脈が残っており、ときおり火を噴きあげることがある。そのようなときは、酒、女、狩猟、饗宴などにひたって、欲望の火を消すよう努めた。

パルス国の征服という壮大な野心を、一時は成功させたのだ。あの絢爛たる「大陸公路の華」エクバターナを攻略し、王宮の一角に居をかまえた。一年そこそこで、現在のパルス国王アルスラーンのために屈辱的な大敗をこうむり、恩着せがましく助命され、盗賊のように追放されてしまった。

前半は夢、後半は悪夢となったパルスでの体験を、ギスカールは忘れようとした。だが、忘れることはできなかった。彼は壮健であり、このまま小国の王として老いていくには、覇気がありすぎた。今後、機会はあるのではないか。ふたたびパルスの地にルシタニアの、否、新マルヤムの旗を立てる機会が。

執務を中断して、ギスカールは室外の露台に出た。秋風を受けながら、国都イラクリオンの市街を見はるかす。それなりの街並みではあるが、エクバターナの栄華に較べれば、見劣りするのはどうしようもない。

ギスカールは大きく息を吸いこむ。まだ自分の人生には、機会があるのではないか。そうだ、機会さえあれば……。

第五章　風は故郷へ

I

パルス暦三二五年十一月二十日、王都エクバターナをおそった大地震は、歴史上最大のものではなかった。被害は甚大だったが、範囲はそれほどではなかったのだ。ただ、王宮を中心として、重要な官衙や豪華な邸宅群が破壊され、王都の城司という要職にあったトゥース将軍が殉職する、という惨状であった。

「まず目と咽喉を洗え！　粉塵を吸うな。死者の数を算えて、負傷者は庭へ運び出せ！」

叫んだナルサスは、自分の頭を守ってくれた女物のスカーフをはずすと、まだ息をはずませているゾット族の娘に笑いかけた。

「ありがとう、アルフリード、おかげでパルス国の頭脳は健在だ」

「まったく、あんたに何かあったら、国王陛下がお困りになるんだからね。気をつけておくれよ」

アルフリードは粉塵にまみれたままである。ナルサスは頭を打った憶えはなかったが、なぜかアルフリードがこれまでで一番、美しく見えた。

「家のある者には食糧をくばれ！　水と薬品もだ。家をうしなった者には、王宮を開放せよ！」

アルスラーンの命令に、これまた粉塵まみれのカーセムは目をむいた。

「お、王宮に庶民を入れるのでございますか!?」

「そういっているのだ。王宮の半分は無事だし……何か変か？」

「ぜ、前代未聞のことでございますが……」

カーセムがやたらと両手を動かすと、アルスラーンは大まじめな表情でうなずいた。

「そうだ、カーセム、そなたには前代未聞の仕事をやってもらう。たのんだぞ」

アルスラーンは両手でカーセムの手をにぎった。カーセムは、感激のあまり、というより、のぼせあがって、やたらと頭を上下させた。

「かしこまってございます。このカーセムめに、万事おまかせくださいませ」

「甥（おい）」の大言壮語を耳にして、床にすわりこんでいた宰相ルーシャンが、心配と疑念をないまぜた表情をしたが、口には出さなかった。

侍女のアイーシャも無事だった。

アイーシャは、「粉塵でつくられた人形」といいたくなる姿で、破片の丘をこえながら歩み寄ってきた。

「王、さま、何か、お役に、立つ、ことは、ござい、ません、か？」

やたらと言葉が切れるのは、一音節ごとに咳（せき）やくしゃみがはさまるからである。アルスラーンの傍（そば）で、エラムが溜息（ためいき）をついた。

「志はありがたいが、その恰好（かっこう）で陛下に近づくな。まず、自分の身体（からだ）を洗ってからにしろ」

「でも、まず、王さ、まを……」

「いいから！」

「アイーシャ、ここはまだ危ないから、庭へ出ておいで」

やさしくアルスラーンにさとされて、アイーシャは粉塵だらけの頭をさげ、とことこと出ていった。

大将軍（エーラーン）キシュワードは、ひととおり王宮の内外を見てまわり、無事だった士官たちにいくつかの命令を出すと、いったん私人（しじん）にもどった。生きのびた馬の一頭に飛び乗り、自宅へ駆けつける。

「ナスリーン！」

「ああ、あなた」

キシュワードの妻ナスリーンは、それまで家族や使用人を気丈に励まし、さまざまに指示を下していたが、夫の顔をみると、安心して身体から力が抜けた。倒れそうになる妻を、夫が抱きとめる。

「大事ないか」

「ええ、すみません、ご心配をかけて」

「アイヤールは？」

「あの子はこまかいのが守ってくれました」

キシュワードが周囲を見まわすと、小さな少女が、もっと小さな幼児を抱いて、壁ぎわにすわりこんでいる。幼児が父親を見つけて声をあげたので、キシュワードは駆け寄って、わが子を抱きあげた。

「ありがとう、ありがとう、こまかいの」

一方、独身のクバードは、そのまま王宮に残って、トゥースの遺体の傍にいた。

「どうも、役に立つやつから死んでいくな」

クバードが故人に語りかける。

「しかも、未亡人がいっぺんに三人だ。おぬし、不本意だろうが、罪が重いぞ」

トゥースの家族の安否をたしかめ、彼の死を告げる、という気の重い役は、アルスラーン自身が務(つと)めた。ナルサス、ファランギース、それにカーセムがしたがう。

さいわい、トゥースの家族たちは無事だった。夫の死を告げられると、トゥースの妻である三姉妹、パトナ、クーラ、ユーリンは、ひとりで暮らしている母のもとに帰ることになった。トゥースの墓をつくり、それを守って母娘(おやこ)四人で静かに暮らしていく、という。

「わざわざ陛下ご自身のご来訪をたまわり、おそれいります」

「いや、パトナどの、当然のことだ。トゥースは私を守ってくれたのだから。ついては、慰弔金(いちょうきん)を受けとってほしい」

「そのようなものをいただくわけには……」

「受けとってもらわねば困る」

そういったのは、アルスラーンに同行してきたナルサスである。さらに、ファランギースが説明する。

「トゥース卿は王都エクバターナの城司であり、武勲は数知れず、今回、亡くなったのも国王陛下のお生命(いのち)を守ってのこと。それだけの功臣の遺族に恩賞を出さぬとあっては、国が恩知らずということになってしまい、陛下の御名に傷がつくのじゃ」

ふたたびアルスラーンがいった。

「どうか、受けとってくれぬか。なさけないが、これ以外に、トゥースの恩に報いる方途(みち)

がないのだ」

　アルスラーンが深く頭をさげると、パトナ、クーラ、ユーリンはあわてて、ではありがたくお受けいたします、と答えた。

　トゥースの家を出て、若い国王は息をついた。

「三人とも、しっかりしてくれていたな。トゥースへの恩はあの三人に返すしかない。受けてくれてよかった」

「母親のもとへ帰ったら、わあわあ泣くでしょう」

「ああ、そうだね。きっとそうだろうな。表面だけ見ていてはわからない」

　アルスラーンは、徒歩でしたがう侍従に告げた。

「カーセム、あの三人姉妹のうち、ひとりでも生きているかぎりは、毎年、内廷費のなかから年金を送るようにしてくれ。慰弔金の他にだ」

「は、はい、はい」

「陛下、おそれながら……」

　ファランギースが馬上で一礼した。

「あえて申しあげますが、金銭は人をしばることもございます。三人ともまだ若く、墓守りをして生涯を終えるのは、あまりにも気の毒。ここは慰弔金だけでいちおうすませておかれてはいかがでしょうか」

　三人の若すぎる妻が、いつか夫の死から立ちなおり、あらたな人物と出会いをとげて第二の人生をはじめるということは充分にありえる。その可能性に、アルスラーンは気づかなかった。赤面する思いだ。

「わかった、ファランギースの忠告にしたがうよ」

　そのころ、もとドン・リカルドのパラフーダは、愛人のもとへ駆けつけていた。

「ああ、パラフーダ、無事だったんだねえ、よかった」

「それは、おれの台詞だ、パリザード。お前こそ、負傷はなかったか」

「危なかったけどね、何とか逃げられたよ。こう、左から右へね、地面が割れて——いや、割れ目が音をたてて、ぱーっと走っていったんだよ」

　パリザードの手まねで、パラフーダは、その光景が目に見えるような気がした。

「目の前で、何人か何十人か、算えきれないぐらい、人が割れ目にのみこまれていったよ。助けたくても、腰がぬけて動けない。声も出ない。怖かったけど、あんたのほうが心配でね」

「やはり、パルスに来ないほうがよかったか」

「それとこれは別さ。エステル卿を王さまに会わせてやれたんだしね。こうなったら、地震が来ようと蛇王が出ようと、この国で生きぬいてやるだけさ」

王宮へもどったアルスラーンは、半壊した執務室でさまざまな命令書を書き、報告書を読み、指示を出し、深夜まで食事もとらず執務をつづけた。見かねてエラムが忠告する。

「陛下、すこしお休みください」

「ありがとう、エラム、でも休んではいられないし、疲れてもいないよ。エラムこそ休んだらどうだ？」

「ご冗談を！」

地位のせいか、経験のせいか、持って生まれた素質なのか、エラムには意外に説教癖があるらしい。一国の君主が過労で倒れたりしたら、どれほど国の害になるか、人民を心配させるか、隣国をほくそえませることになるか、理をつくしてアルスラーンを説いた。

うなずきながら、アルスラーンは勅書を書くのをやめなかったが、とうとうエラムが国王の机上から書類をとりあげたので、寝むことを承知した。

「やっぱりエラムはナルサスに似てきたよ」

II

国王おんみずからに王都再建と被害者救恤（きゅうじゅつ）を依頼されたカーセムは、翌日も王都の城内を走りまわって大活躍を演じていたが、ふと奇妙な事実に気づいた。

「ううん、これは、いかなることか」

腕を組んで、カーセムはうなった。エクバターナ城の東北東の城壁から、王宮にいたるまで、一直線の形状で家々が倒壊しているかのようだ。それは、目に見えない巨大な蛇が、身体（からだ）をまっすぐにして前進していったかのようにも思えた。

背後から、若々しい声がかかった。

「どうした、何かあったのか」

「あ、イスファーン卿、じつは……」

説明しようとして、カーセムは、迂遠（うえん）なまねをやめた。大地の狂乱の痕跡（きずあと）を指さしてみせる。

イスファーンの表情が鋭く引きしまった。彼は無言で馬腹をかるく蹴った。倒壊した家々にそって走ると、おのずと東北東へ向かうことになる。若い狼「土星（カイヴァーン）」が、後になり先になりつつ、駆けていく。

「土星（カイヴァーン）」をしたがえて、イスファーンは城壁へ駆け上った。城壁の上にも、亀裂が走っている。血相（けっそう）を変えたイスファーンの姿を認めて、守備の兵士たちが、あわてて槍（やり）を直立させ、礼をほどこしたが、イスファーンは目もくれない。

城外へ延びる亀裂を、イスファーンは視線で追った。主人の模倣（まね）をして、土星（カイヴァーン）も前肢を壁にかけ、けんめいに身体をのばして遠くをながめる。

「東北東へ一直線……このはるか先にあるのは、デマヴァント山ではないか」

イスファーンのうめき声に、土星（カイヴァーン）が尻尾（しっぽ）を振りながらうなった。茶褐色をした背中の毛が、逆立っている。

涼風を受けながら、イスファーンの額に汗の珠（たま）が浮かんだ。あっけにとられている兵士たちには目もくれず、彼らの前を走りぬけ、階段を今度は駆けおりた。土星（カイヴァーン）が影のようにしたがう。

街路でふんぞりかえって工事の指揮をつづけていたカーセムが、気がついて声をかけたが、うるさそうに手を振って応じただけで、快足の若い武将は王宮へ駆けこんだ。呼吸をととのえもせず、円座（えんざ）の間へ向かう。

「やはりそうか」

イスファーンが見たままを報告すると、そう応(こた)えたのはナルサスだった。アルスラーンの許可を得て、座にパルスの地図をひろげる。

「見ろ、王都エクバターナがここ、デマヴァント山がここだ。今回の地震でできた亀裂を線であらわすとこうなる」

ナルサスが筆をとりあげたので、幾人かの武将が反射的に、身をかたくし、唾(つば)をのみこんだ。宮廷画家は筆に絵具をふくませ、王都エクバターナからやや右上の方向へ、太い線を描いた。それは槍のごとく一直線にのびて、デマヴァント山に達した。

「どうだ、ダリューン？」

「線は引けるんだな」

「そういうことじゃない！」

キシュワードが、まともな答えを出した。

「……蛇王ザッハークのなせる業(わざ)か」

一同は静まりかえった。予測はしていたのである。やがて、隻眼(せきがん)の猛将クバードが、確認するように質(ただ)した。

「やつの姿は、まだ地上にはあらわれておらぬな」

「すくなくとも、見たという報告はない」

ナルサスが答えると、ふたたび沈黙が円座の間を徘徊した。それぞれ、胸中で思案をまとめているようだったが、アルスラーンがうながすと、つぎつぎと意見を述べた。結局、蛇王の完全な出現をふせぐこと、その前兆を処理し、芽のうちに摘みとること。それにつきた。

さまざまな意見を聴き、ナルサスやエラムの提言に耳をかたむけ、考えをまとめると、アルスラーンはひとりの名を呼んだ。

「大将軍キシュワード」

「はっ」

「おぬしの家族には悪いが、できるだけ早くギランへ出発してくれぬか」

「ソレイマニエを経由してでございますか？」

「いや、ギランに直行してくれ。ギランの富商たちにたのんで、金銭と物資をエクバターナにまわしてもらうのだ」

キシュワードは一礼した。

「御意」

「戦いではなくて、資金の調達などをおぬしにたのむのは、申しわけないのだが……」

「何の、資金がなくては戦さもできませぬゆえ。では、いそぎ出立の準備をいたします」

キシュワードが退出すると、それを機に、他の諸将も辞去し、アルスラーンとエラムだけが残った。

「皮肉だね、エラム」

「はい？」

「もし、あのとき前王陛下に追放されなかったら、ギランの町とは縁ができなかったところだ」

かつて、アルスラーンは、自力でルシタニア軍の手から逃れてきたアンドラゴラス王に命じられたのだ。

「国王の代理として兵をつのれ。その数、五万に達するまで、帰参におよばず」

そう宣告された。事実上の追放であった。あのときアンドラゴラス王は、アルスラーンの処置をどうするつもりだったのであろう。国王の兵権を許可なく侵犯した、という理由をつけて、殺すことさえできたはずだ。アンドラゴラスはそうしなかった。さすがに、みずからの手で処刑する気にはならず、どこかで窮死してくれればよい、とでも思ったのだろうか。

考えても詮ないことだ。すでにアンドラゴラス王その人が、地上には存在しないのである。子供のころは怖く、すこし長じては、認めてもらいたいと思い、やがてあきらめた。

今日の自分があるのは、王太子に叙してくれた前王のおかげではなく、友として、部下として、彼をささえてくれた人々のおかげだと思っている。

キシュワードは、ファランギース、メルレイン、ジムサの三将をともない、兵と牛車をひきいて王都を発った。可能なかぎりの速さで前進をつづける。

急ぎの旅ではあるが、同時に、街道の防備態勢を確認する任務もある。エクバターナからギランへの南下。それは故人となったトゥースが、船酔いに悩まされた後にたどった道を、逆にたどる路程であった。

トゥースが生きていたら、もっとも街道に精しいゆえ、彼がギランへ赴くことになったであろう。そのときは、城司として王都を再建する指揮権は、別の誰かにゆだねられることになったはずだ。

沈毅なキシュワードだが、漠然とした不安が、胸中にわだかまっていた。ザラーヴァントの横死以来、完璧であったはずの人事が、わずかずつ狂いはじめているような気がする。そもそも、これから蛇王ザッハークとの決戦をひかえているはずなのだ。人材が喪われていくのは辛い。サームやシャプールが生きていてくれたら。無益と知りつつ、つい考えてしまう。

「蛇王ザッハークの脅威が去るまでは、この街道がパルスの命脈をつなぐことになるのじやな」

馬上で左右を見わたしながら、ファランギースがいうと、ゾット族の青年も口を開いた。

「もし大陸公路の再建が大きく遅れるようなことになれば、別の心配ができる」

「ほう、どういうことだ、メルレイン卿？」

「そうなれば、絹の国は北まわりの公路を開くだろう、ということだ。帝都の永安府から北西へ出て、かつてのトゥラーンの故地を通り、ダルバンド内海の東岸に出る。そこから船で内海を渡り、直接、西岸のマルヤムに到着する、という、あたらしい公路だ」

「つまり、パルスを通過しないようになるということじゃな。それでは東西交易の利がうしなわれてしまう」

ファランギースが柳眉をひそめると、キシュワードがうめいた。

「そんなことになったら一大事だ。いや、パルス国そのものの存亡にかかわる。それにしても、メルレイン卿、よくそんなところまで考えたな」

「おれに考えられるはずはない。宮廷画家どのの考えを聞かせてもらっただけだ」

「そうか、おそろしい絵図だな。実現させてはならん」

うなずいたキシュワードは、ずっと無言のトゥラーン人武将に声をかけた。

「ところで、ジムサ卿、いうのを忘れていたが……」

「何でござる？」

「おぬしの以前の提案、実行されることになったぞ。王都に帰った後は、おぬしに全権をゆだね、作業の指揮にあたってもらう」

「……ああ、烽火台(のろしだい)の件か」

以前、ジムサは、烽火台を建設する目的で、北方国境一帯の視察に赴き、親王(ジノン)イルテリシュと、奇怪な「再会」をはたしたのである。

ファランギースが質した。

「それにしても、なぜ北方のトゥラーン方面を警戒するのじゃ？　いいにくいことだが、いまやトゥラーンは無主(むしゅ)の土地であろう？」

「問題はトゥラーンではない。チュルクだ。おれがチュルクの将軍だったら、そうするからだ。〝アルスラーンの半月形〟を、今度はチュルク軍が利用する。国内から北へ出て、トゥラーンの故地を通過し、北からパルスへ攻めこむ。ずっと草原で、さえぎるものはないし、パルスはチュルクの山岳騎兵を警戒して東にそなえ、北方をがらあきにしている」

ジムサにしてはめずらしい長広舌(ちょうこうぜつ)だった。キシュワードは小さく息を吐いた。

「おぬしをチュルク軍にとられなくてよかった」

「キシュワード卿！」

ファランギースとメルレインが同時に叫び、同時に弓矢を手にした。街道を見おろす丘の上に騎影を見出したのだ。単騎だが、あと何騎ひそんでいるかわからない。

緊張は、すぐに解けた。「ルラララー」と能天気な歌声がひびいて、騎影が、かなり角度のある坂を、危なげなく駆け下ってきたのだ。一見かろやかだが、手綱さばきのたくみさは尋常ではなかった。

敵意のかけらもないので、ファランギースとメルレインは弓をおろした。苦笑まじりにキシュワードが声をかける。

「ギーヴか、いつも妙なところで出て来るな」

「うるわしきアシ女神のご加護によって」

「旅の楽士」は、うやうやしく一礼した。

「人生は神々の演劇、世界はその舞台。どうせなら主役を務めたいものさ。同行してよいかな、ファランギースどの？」

「なぜ、わたしに問う？　大将軍にお尋ねせよ」

「大将軍は襟度の大きな方ゆえ、許してくださるに決まっている。そうでござろう？」

キシュワードは、ふたたび苦笑せざるをえない。

「おれは別に襟度の大きな男ではないが、たのもしい味方は多いがよい。同行を許可する」

III

　パルスを縦断する旅は、冬がもっとも変化に富むといわれる。王都エクバターナは北風にさらされ、ときおり雪が積もって、白一色に閉ざされる。北から南へ、ニームルーズの山嶺をこえると、冬でも晴天がつづき、ときおりの雨は温かく大地をうるおす。

　トゥラーン人のジムサにとって、冬は冷厳の別名であった。寒さに耐えるため馬乳酒(ばにゅうしゅ)を飲みすぎて死ぬ者が多く、凍った地面を掘って埋葬する。はなはだしいときには、屍体を雪に埋め、春になって雪がとけてから葬儀をいとなむ。

　いま、トゥラーンの故地(こち)では、近づく冬におびえながら、国王なき民が一族ごとに細々(ほそぼそ)と暮らしているだろう。それにひきかえ、ジムサが馬を歩ませているのは、亜熱帯の街だ。秋深くにもかかわらず、太陽はかがやき、樹木は碧(あお)く、秋桜(コスモス)の花が咲き乱れ、人々がひしめき、市場には魚や果物があふれている。王都のように駱駝(らくだ)の姿は多くなく、むしろ水牛が多いようだ。

　やがて市内の雑踏を抜けると、潮の香が吹きつけ、大小の船が浮かぶなかに、ひときわ目だつ一隻があった。

　グラーゼの旗艦「光の天使」である。大小二本の帆柱、鋭い船首と船尾、弩をすえつけた三層の船楼、竹を編んだ覆いをつけた窓。乗員は二百四十名である。

　ジムサだけでなく、キシュワードやメルレインにとっても、はじめて見る光景であった。ほう、と歎声をあげたのはキシュワードで、メルレインとジムサは声もなく見とれるだけである。ファランギースも、おちついてはいるが、すなおに感心したようすで目を離さない。

　待つ間もなく、この偉容を誇る船の主が、王都からの客人を迎えた。

「やあ、大将軍、よくおいでくださった」

　グラーゼは、彼の両腕というべきヨーファネスとルッハームをしたがえて挨拶した。ヨーファネスとルッハームは、客人たちと反対に、女神官の美しさを見て声も出ないようすである。

　港は国内外の船でひしめいている。一行は港の喧騒を逃れ、馬を引いて海ぞいの道を歩んだ。

「ほう、これが海か」

　ジムサははじめて歎声を洩らした。かつてアルスラーンも、ほとんどおなじ言葉を発して感動しきりだったものだ。ジムサのほうは、しばらくながめた後、そっけなく言いはなった。

「見たところ、ダルバンドの内海と、たいして変わらんな」

「草原のキツネ、大海を知らず、か」

「何かいったか？」

「まあいい、水をすこし嘗めてみろ」

グラーゼにそういわれて、水の苦手なジムサはしぶしぶ海辺に近づき、長靴を波が洗うあたりで手に海水をすくった。ひと口すすって、眉をしかめる。

「なるほど、たしかに内海とはちがうな」

ダルバンド内海の水は、塩分がすくないのだ。

ジムサをやりこめると、グラーゼは上機嫌で、一同を一戸の大邸宅に案内した。椰子の樹や、色彩あふれる亜熱帯の花々には、ジムサもすなおに感心した。

「ひさしぶりだ、お歴々」

「よく来てくださった。国王陛下に信頼された方々、歓迎しますぞ」

ギランを代表する海上商人たちが顔をそろえていた。コージャ、バラワー、ベナスカー、ホーラム。いずれも中年で、きわめて恰幅も顔色もよい。人相を鑑る占い師であれば、

「そろって富貴(ふうき)の相ですな」

といったかもしれない。招かれた一同は、遠慮なく座についた。なぜか、ファランギースだけが、かるくためらった。

「ギランとソレイマニエを直結する街道が整備されるなら、ありがたいと申したいところですが……」

「さよう、ソレイマニエを経由して、ダルバンド内海へと通じる商路(しょうろ)も期待できるはずですな」

「まあ、むずかしい話は話として、どんどん召しあがってくだされ」

最初のうち、宴は無難にすすんでいった。

「さて、それじゃ肝腎(かんじん)の話を聴(き)こうじゃないか」

「見当がつくと思うがね」

グラーゼがいうと、四人の富商(ふしょう)は顔を見あわせた。ファランギースは不審と不安を感じた。なぜであろう、以前のときとは態度がちがうような気がする。

「そういうときは金銭(かね)の話と決まっておるな、グラーゼどの」

「まあそうだが」

「四年前、わしらは有利な投資をさせてもらった。何しろ、国王陛下に貸しをつくったんだからな」

「まちがえてもらっては困るな。まず借りがあって、それを返した、というのが、正しい順番だろう。あのころ、この港を海賊がおびやかしていたことを忘れたか」

「たしかに、たしかに」

愛想よく、コージャがうなずく。ホーラムが夜光杯の柄を指先でつかみ、くるくるまわしながら問いかけた。

「それで、陛下には、いかほどご入用で？」

「多ければ多いほど、ありがたい」

「大将軍キシュワードさま、それは商人にとっては、答えに困るお言葉ですなあ。もっと具体的にいっていただかないと」

キシュワードは不快感をおぼえた。ホーラムの声には、対手をさげすむような匂いがあった。こいつらを信用できるだろうか、と、疑念をおぼえたとき、ファランギースが静かに告げた。

「では具体的に、金貨三十万枚、お願いしたい」

ホーラムも他の三人も、あざけるように口の両端を吊りあげた。グラーゼが怒気をこめて四人をにらむ。

「陸のパルスと海のパルスが共存してこそ、東西交易の利を独占することができる。長い目で見て、損にはならんはずだ」

「別の考えかたもできますでな、総督どの」

「何だと、どんな考えだ」

バラワーが口もとを大きくゆがめた。

「陸のパルスがだめになってしまったら、海のパルスが東西交易の利を独占できる。そういうことでござるよ」

「………！」

グラーゼは啞然（あぜん）として、四人の富商をながめやった。こいつら、どこか変ではないか。

「すると何か、国王陛下のご事業に協力せず、被災地を見ごろしにするというのか」

「まあ、さようで。ソレイマニエまでの街道を整備するような資金があれば、ギランの港を拡張するのに費（つか）います」

「カーヴェリーの河口からギランまで、小さな港をいくつかつくっていただきましたが、それらをきちんと整備し、大きな船も停泊できるようにするのですよ」

「そうしますと、パルスの南海岸には、ギランを中心として、いくつもの港町が首飾りの珠（たま）のごとくつらなります。陸のパルスなんぞ必要ない。海のパルスだけで充分やっていけます。それどころか、不毛な山地や砂漠を切りすて、商売の効率がよい、あたらしい国をつくることもできましょう」

グラーゼは薄気味悪くなってきた。

「……お前ら、そんな考えを、誰から吹きこまれた？」

ベナスカーがごろごろと咽喉を鳴らした。

「これは慮外な。ギランを愛する者たちが集まって、知恵をしぼったのでございますよ」

「きさまらの貧弱な頭脳で、そんなことができるものか！」

たまりかねて、グラーゼがどなった。コージャが、肉の厚すぎる肩をすくめる。発した言葉はおぞましいものだった。

「失礼なことを……だが、死ぬ前に教えてやろう、われらが指導者の御名はグルガーン」

ファランギースの紅唇が開きかけて閉じた。細身の剣が音もなく鞘からすべり出る。

「鳥面人妖だ！」

部下たちに向かって、グラーゼはどなった。腰の彎刀に手をかける。

「こやつら、いつのまにか、商人どもを喰って、化けておったぞ！」

高笑いがこだました。偽のコージャ、偽のホーラム、偽のバラワー、偽のベナスカー。

四人が笑う声は、すでに人間のものとは聞こえなくなっていた。肥満し、たるみきった肉の下に、何がひそんでいるのか、想像するだけで汗がにじむ。

「商人ども、贅沢をしておったゆえ、肉がやわらかくて旨かったぞ」

怪物は舌なめずりした。

「とくに肝臓はよく脂がのっておって、ひさびさに美味であったわ。それに較べれば、汝らは肉が緊まっていて固そうだな……いや」

血の色にぎらつく目が、ファランギースに向けられた。

「この女は別だ。極上だ。やっつけた者が独占できるぞ！」

邪悪な欲望をむき出しにした叫び声に向けて、ファランギースの剣が奔る。信じがたいことに、肥満したホーラムの身体は、軽々と跳びすさっていた。

冷笑しようとして、ホーラムの顔が引きつった。胸からは、芸香をぬりつけたトゥラーンの直刀が、尖端を突き出している。偽者のホーラムは、皿や杯を蹴散らすように倒れこんでいった。

IV

偽ホーラムの死を眼前に見て、のこる三人はすさまじい形相で身がまえた。

コージャ、ベナスカー、バラワーの顔だちが、みるみる変化していく。

完全に変化してしまえば、それなりに自然な生物に見えるものだが、変化過程の顔は、いまわしくおぞましい半流動の妖物でしかなかった。

ギーヴの剣が閃光と化して、バラワーにおそいかかる。椅子に飛びのった鳥面人妖は、躍りかかる間もなく、左から右へ両足首をなぎ斬られて、叫喚とともに転落した。

「むずかしいことを考えるのは、きらいでね。人も魔もその眷属も関係ない」

ギーヴがうそぶく。偽バラワーは立つことができず、血を流して這いずりながら喚いた。

「者ども、来い！」

声に応じて、数十人の男が刀を手にどっと押しよせてきた。待機していたのだろう。

「こいつらは、お前らとおなじ人間だ」

「でたらめをいうな」

「でたらめなものか。四、五年前、お前らがやっつけた海賊どもの生き残りだよ」

バラワーの顔に、血まみれの笑い。

「お前らに怨みもある。それに、我ら蛇王ザッハークさまの眷属には、金銭など意味がないが、人間どもにはちがう」

コージャ、否、コージャを食い殺してなりすましていた鳥面人妖は、牛皮の袋を床に投げ出した。重い音が、床を鳴らした。

「さあ、殺しあえ、人間ども！」

袋のなかには金貨がつまっているのであろう。もと海賊どもは喊声をあげ、刀をかざしてパルスの諸将につめよってくる。

「悪いが、人間とて遠慮はせんぞ」

宣告したキシュワードは、双刀を交差させて一歩前むと、力まかせの斬撃をかるくかわしざま、ひとりの腕をたたき落とし、ひとりの胸をつらぬき、ひとりの右肩から左腰にかけて両断した。血の雲がわきあがる。毒血ではないので、キシュワードはあえてかわさず、染血の長身を敵中へ躍りこませた。

ベナスカーに化けていた鳥面人妖は、三本の矢を同時に受け、のけぞって転倒した。ファランギースの矢が眉間に、メルレインの矢が咽喉に、ギーヴの矢が心臓部に、それぞれ命中している。むろんすべての矢は、鏃が芸香にひたしてあり、偽ベナスカーは即死であった。

「むだなことをした」

メルレインの舌打ちに、ギーヴが応える。

「いやいや、これほど贅沢な死にかたもなかろうさ」

たしかにそうかもしれなかった。パルス国における弓の三大達人が、矢を偽ベナスカーの一身に集中させたのである。

「殺せ、殺せ！」

両足を引きずりながら、偽バラワーが喚く。ギーヴは弓を持ちかえ、剣尖（けんせん）をバラワーの頸筋（くびすじ）に突きとおした。

これで偽者のうち三人が絶命し、残るはコージャだけになった。すでに彼は完全に変身をとげ、鳥面人妖（ガブル・ネリーシャ）の姿になっていた。前方にいたメルレインに向かって躍りかかる。

猛襲（もうしゅう）を避けて、メルレインは跳（と）びさがった。完璧（かんぺき）に機をはかり、まっすぐに剣を突き出す。メルレインを追いつめたつもりで、急前進した怪物は、メルレインの剣尖に自分から激突する形になった。剣は怪物の胴を一直線に突き破り、背中から飛び出した。

怪物は悲鳴で大気を引き裂きつつ、両腕でメルレインの剣をかかえこもうとする。メルレインは容赦なく怪物の腹を蹴とばし、剣を引き抜いた。間髪いれず身を低くしつつ半回転し、左側にせまっていた海賊の頸部（けいぶ）に刃をたたきこむ。

四匹の鳥面人妖（ガブル・ネリーシャ）は、ことごとく死んだ。海賊どもの攻撃が小休止する。あと一歩で、なだれをうって逃げ出すところだったが、あらたな翼の音が聞こえて、屋外から黒影が乱入してきた。猿の顔、コウモリの翼、いまわしい奇声。今度は有翼猿鬼（アフラ・ヴィラーダ）のお出ましである。

広大で天井も二階分はある広間であったが、空間を埋めつくすような勢いで、パルス軍の諸将めがけて殺到してきた。

よけいな声は出さぬ。出させもせぬ。沈黙のうちに、メルレインは剣を振りおろし、先頭の有翼猿鬼(アフラ・ヴィラーダ)の脳天から鎖骨まで、一閃(いっせん)に斬り裂いた。

その背後に音もなく近づき、毒爪を振りかざした有翼猿鬼(アフラ・ヴィラーダ)が、奇怪な悲鳴をあげてもんどりうった。その側頭部を、吹矢が深々とつらぬいている。

メルレインは振り向き、吹矢筒を手にしたジムサの姿を見ると、手を振って謝意(しゃい)を表した。ジムサはだまってうなずく。つぎの瞬間、メルレインの剣が三匹めの有翼猿鬼(アフラ・ヴィラーダ)の首を刎(は)ねとばし、ジムサの吹矢が別の一匹の咽喉に突き刺さっていた。

「船長、お助けに参上しましたぜ！」

場ちがいに陽気な声が、刃音や叫喚を押しのけた。グラーゼの腹心、ヨーファネスとルッハームが、水夫たちをひきいて駆けつけたのだ。すでに庭で闘ってきたらしく、刀が血ぬれている。

「かるい、かるい」

ヨーファネスは血刀を振って一笑(いっしょう)した。

「エリュトラ海の海賊やら、カルマート王国の私掠船団のほうが、よっぽど骨があったぜ。ああ、タプロバネ島の海賊どもにも、けっこう手こずったな。クリューセルじゃ、国そのものが海賊集団ときたもんだ。それに較べりゃ、てめえらなんぞ、子猫みたいなもんさ！」

ヨーファネスの頭上で、身の毛もよだつ叫喚がとどろき、眼前に黒い影が落下して、重い音をたてた。有翼猿鬼が二匹、一本の投げ槍に胴をつらぬかれてもがいている。

「いつもいっておろうが、調子に乗るな、ヨーファネス。おれはお前の護衛役じゃないぞ」

「やあ、船長、かわいい部下のために、ご苦労おかけします」

「まちがった形容詞を使うな。おれが苦労しているのは、出来の悪い部下のせいだ」

軽口をたたきつつ剣をふるい、毒血を避けつづけるうちに、ヨーファネスが音をあげた。

「多すぎますぜ、こいつは」

「蛇王ザッハークが再臨して、その眷属どもが三百余年の眠りからさめつつあるんだろう。これから増える一方だろうよ」

「アルスラーン陛下も、ご難儀なことですな。パルス歴代の諸王のうち、何もせずに平和に世を治められた方もおられるというのに……」

ルッハームは、若い国王（シャーオ）に同情する。ヨーファネスがそれに応じた。

「せめて、きれいなお妃（きさき）を何人もそろえて、酒宴でも愉（たの）しみなされればいいのにな。おれにゃとても務（つと）まらないね」

「しゃべる前に闘え！　油断してると、ひどい目にあうぞ！」

「おっとっと」

敵の刀を撃ち返し、火花の散る中を斬りこむ。乱戦はパルス諸将の側が圧倒的になりつつあった。庭に出て闘っていたグラーゼも、満身に返り血をあびて、ひと息つきかけた。そのときである。天から何かが大蛇のごとくうねりつつ降ってきたのは。

「うおっ!?」

グラーゼのたくましい長身は、宙に浮いていた。身体（からだ）に網（あみ）がからみつき、その網を四匹の有翼猿鬼（アフラ・ヴィラーダ）がつかんでいる。目の粗（あら）い、小さな鉤（かぎ）がいっぱいついた漁網だ。勝ち誇った奇声がひびきわたり、グラーゼの身体はさらに引きあげられた。

「あっ、あいつら、船長をさらいやがった！」

誰かが動転の叫びをあげ、ルッハームやヨーファネスはあわてて上空を見あげた。

家々の屋根から五ガズほど上空で、グラーゼは空中飛行を強（し）いられていた。もがけばよけいに網がからまる。彎刀（わんとう）で網を切断すれば、地上に転落する。グラーゼはむやみに動くのをやめ、機会を待った。

有翼猿鬼（アフラ・ヴィラーダ）どもが疲れて、高度がさがり、飛びおりるのが可能な地点があらわれるのを待つ。それが海上であれば、二十ガズほどの高さでも問題ない。帆柱の上から海へ飛びこんだ経験は算（かぞ）えきれないほどだ。

地上では、グラーゼの若い部下が、有翼猿鬼（アフラ・ヴィラーダ）を射落とそうと、矢のねらいをつけていた。

「ばか、射るな！」

ルッハームがどなると、若者は弓をかまえたまま叫び返した。

「だいじょうぶですよ、船長には絶対にあてやしませんっ」

「そうじゃない！　怪物どもは四匹がかりで船長を吊り下げてるんだ。一匹を射落とせば、どうなると思うんだ⁉」

「じゃあ、どうすればいいんです？」

「やつらを海の方向へ追いこめ。海上に出たら、いくら矢を射てもいい」

ルッハームの判断は正しいはずだった。だが、いきなり状況が変わった。家々の屋根の蔭（かげ）から、有翼猿鬼（アフラ・ヴィラーダ）がつぎつぎと舞いあがり、空中のグラーゼにおそいかかったのだ。

「ああっ、船長！」

部下たちが悲鳴をあげた。むらがる怪物どもが、グラーゼの姿をおおいかくす。

空中のグラーゼは、彎刀を風車のごとく旋回させて、みずからの身を守った。一閃ごとに、空中に血の華が咲き、有翼猿鬼が地上へと落ちていく。

グラーゼ自身も傷つきはじめた。点々と返り血をあび、その場所に煙があがって火傷ができる。妖魔どものなかでも、とくに狡猾な者は、彎刀のとどかぬ部位をねらって、グラーゼの足にとりつき、長靴の上から牙や爪を突きたてる。からみつく網のせいで、グラーゼは肘から先しか動かせない。

「こうなったら、しかたない。船長をかこむ妖魔どもをへらせ！　くれぐれも、船長にあてるなよ」

ヨーファネスがどなり、みずから弓をとった。弓弦がうなる。グラーゼから三ガズほど離れた距離にいた有翼猿鬼が、腰のあたりに矢を受け、叫喚とともに空中でのけぞった。

V

つぎつぎと矢が飛び、有翼猿鬼どもを射落としていく。その間にグラーゼは周囲を観察し、やにわに彎刀を一閃させた。

網が裂ける。

グラーゼの長身は、まっさかさまに落下した。彼のねらいは成功したかに見えた。グラーゼの片手が、鐘楼の屋根の縁を、かたくつかんでいる。

強健な身体を片手でささえながら、グラーゼはもう一本の手で彎刀を一閃させ、おそいかかってきた有翼猿鬼の右肩を深く斬りさげた。

黒い巨大な影が、グラーゼの上に落ちかかってきたのは、そのときだった。豪胆なグラーゼが息をのむ。彼のすぐ傍で、コウモリ状の翼を、耳ざわりな音をたててはばたかせているのは、一匹の有翼猿鬼だった。有翼猿鬼など見あきている。だが、その怪物は、見たこともないほど巨大だった。

グラーゼは彎刀をにぎりなおした。ほとんど同時に、屋根の縁をつかんでいた左手に激痛が走った。一匹の有翼猿鬼、これは普通の大きさであったが、鋭い牙で、グラーゼの手首を噛みちぎったのである。

「船長！」

ヨーファネスが悲鳴をあげた。グラーゼは左手をうしない、血の尾を曳いて地上へ転落していく。落ちながら右手の彎刀を、巨大な有翼猿鬼に投げつけた。彎刀はみごとに対手の左肩に突き立ったが、効果はなく、グラーゼは地にたたきつけられた。

駆けつけたヨーファネスが、蒼白な顔でグラーゼを抱きかかえた。

「船長、しっかりしてくださいよ。海の男が陸の上で死んでどうするんですか⁉」

「ばかやろう、お前より早く死んでたまるか」

苦痛をおしころして、グラーゼは笑ってみせ、右の拳でヨーファネスの頭をこづこうとしたが、手が動かない。ヨーファネスも笑ったが、その笑いは一瞬で凍てついた。グラーゼの口から血の塊が吐き出され、ヨーファネスの服の胸に紅い花を咲かせた。十五ガズの高さから墜ちて全身を強打したのだ。しかも下は石畳だった。後頭部からも血が噴き出している。

「船長、船長！」

今度はルッハームが呼びかけたが、応えはなかった。グラーゼは強大なパルス水軍建設の途上で生命を喪った。

「ひでえや、船長、おれたちを置いていくなんて……」

ヨーファネスが号泣しはじめる。その傍に立ったファランギースが無言で弓をかまえ、鐘楼へ向けて矢を射放った。屋根の上で、グラーゼの左手をかかげて躍り狂っていた有翼猿鬼が、まっさかさまに転落していった。

それを機に、怪物どもは喚き騒ぎながら逃げ去っていき、闘いは終わった。パルスの諸将は、グラーゼのまわりに集まった。一同が黙礼し、ファランギースが祈りをささげると、キシュワードが重く沈んだ声でルッハームに問う。

「グラーゼ卿の遺体はどうするのだ？」

「水葬します」

「海に沈めるのか」

「小舟に乗せて海へ流します。あの人の故郷は海でしたからね。船長の彎刀と、あの人が好きだった絹（セリカ）の国の白酒（パイチユウ）の壺（つぼ）をのせてね。十ファルサング（一ファルサングは約五キロ）もいけば、荒波で舟はくつがえり、乗り手を葬るでしょう」

「ご夫人は？」

今度はヨーファネスが答える。

「船長は、絹（セリカ）の国にいたるまで、二十以上の港に女がいたんですぜ。誰かひとり、というわけにゃいきませんや」

「もてたからなあ、船長は」

歎（なげ）きあうふたりに対して、キシュワードは、大将軍としての職権をもって、彼らにグラーゼの職務を分担・代行するよう命じた。

ルッハームとヨーファネスが顔を見あわせた。ヨーファネスが猛然と抗議する。

「おれたちふたりあわせても、グラーゼ船長ひとりの足もとにもおよびませんや。荷が勝ちすぎるってもんでさ」

「グラーゼ卿が不在のとき、おぬしらでりっぱに留守をまもってきたではないか」

「それは、すぐに船長が帰ってくると思って……気楽にやってたからでさ。でも、もう船長はいない」

「そうだ、もうグラーゼ卿は帰って来ぬ」

キシュワードの声が、ふたりだけでなく、一同を粛然(しゅくぜん)とさせた。ギーヴでさえ、へらず口をたたこうとはせず、だまって腕を組んでいる。

「ザラーヴァント卿もトゥース卿もそうだ。もう帰らぬ。帰っては来ぬ。だからこそ、生きている者が逃げるわけにはいかんのだ。逃げれば、この国はザッハーク一党に支配される。ぜひ、おぬしらの力を貸してくれ」

沈痛ななかに、大将軍(エーラーン)としての威厳をこめた口調である。それを感じとって、まずルッハームが心をさだめた。

「大将軍のご命令、うけたまわりました。力不足の身ながら、最善をつくします」

「お、おれも、およばずながら、船長の志をつがせてもらいます」

「よくいってくれた。おぬしらのような者たちがいてくれるかぎり、パルスもギランも、けっして亡(ほろ)びぬ。たのんだぞ」

ルッハームとヨーファネスは、亡(な)きグラーゼの霊にかけて、ギランを守ることを誓った。

ふたりを激励したものの、キシュワードの胸中(きょうちゅう)には暗雲が渦巻いていた。グラーゼの横死(おうし)によって、「強力なパルス水軍を建設する」という構想は崩壊した。蛇王ザッハークがすでに復活している、という可能性が高い現在、陸上兵力だけで彼らに対抗せねばならない。ナルサスと相談して、戦略を練りなおさねばならないが、その前に処理しておくべき重要な任務がある。そもそもギランに来たのは、怪物退治のためではないのだ。

キシュワードに、ギーヴが話しかけた。

「あの連中の遺産はどうなる？」

「さて……遺族を探し出して相続させるしかないんだろうけどな」

「家族もみんな食われてしまったんだろ？　国庫に納(おさ)めてしまえばいいではないか」

「正直なところ、そうすればずいぶん助かるが、どうも後味がよくないな」

キシュワードが眉をしかめると、ファランギースが発言した。

「この件に関するかぎり、わたしもギーヴに賛成じゃ。鳥面人妖(ガブル・ネリーシャ)に食い殺された人々は、たしかにお気の毒じゃが、残された財産は、活(い)かして費(つか)われるべきであろう」

「そうそう、怨(うら)まれない範囲でね。ファランギースどのは、いつも正しい」

ようやくギーヴがギーヴらしい台詞を口にした。

グラーゼの水葬をおごそかにすませた後、一同は、不幸な四人の富商の遺産を吟味しはじめた。

「とりあえず、金貨と銀貨は王都へ運ぼう。邸宅や船は残す。第一、持っていけないしな」

「家族や使用人はどうする？」

「いちおう、確認しておこう。人間なら生かす、怪物なら殺す」

「水牛の牽く車が必要だな」

ギーヴ、メルレイン、ジムサ、三者の間で、いやにてきぱきと話が進み、キシュワードは生粋の武将らしく、いささか居心地の悪さを感じた。

「何やら掠奪をはたらきに、王都からやって来たような気分だな」

「大将軍どの、ああいうことは彼らにまかせておけばよい。何しろ専門家ゆえな。陛下のご人選はたしかなものじゃ」

ファランギースはそういいつつ、ギーヴに声をかけた。

「ギーヴ、女子供の生活のためじゃ、銀貨の半分くらいは残しておいてやれぬか」

「ファランギースどののおおせであれば……」

うやうやしくギーヴは一礼し、メルレインは口のなかで何かつぶやいたが、反対はしなかった。ナルサスとアルフリード、ギーヴとファランギースという二組の男女を見ているうち、理解する意欲をうしなったらしい。

事は順調に運んで、金貨六十万枚、銀貨百万枚、つめた皮袋は三千二百という莫大(ばくだい)な金銀が、四十台の牛車に積みこまれた。ルッハームとヨーファネスに見送られて、ギランを発(た)つ。

王都への旅も順調に進んだ。それが急に暗雲たちこめる状況になったのは、あと一日で王都という地点においてであった。

「ご一同、気をつけられよ」

黄昏が近づいてくるころ、しばらく吹いていた水晶の笛を紅唇(こうしん)から離して、ファランギースが鋭く呼びかけた。

同時であった。

街道の両側から、黒雲がわきおこり、上空で合して一体となった。日光はさえぎられ、街道は洞穴のなかのごとく薄暗くなった。叫喚(きょうかん)と翼の音が、鼓膜をたたき破らんばかりだ。何百、何千と数も知れぬ有翼猿鬼(アフラ・ヴィラーダ)の群れであった。

両側は乾燥した岩山や灌木帯(かんぼくたい)や草地で、高い樹木は十本あまりのアカシアだけだ。彼らはそこにひそんで待ち伏せしていた。そのていどの作戦なら自分たちで樹てられるのだろうか。

キシュワードの双刀が旋風をおこした。

前、後、左、右、上の五方向へ奔り、旋回し、なぎ払い、突き出される。怪物どもの首が宙に舞い、翼が両断され、胴体に穴があく。馬を躍らせ、下から上へ刃をなぎあげると、怪物の左の前肢と後肢が、毒血をまき散らしながら、おなじ方向へ飛び去った。

ギーヴにもファランギースにもジムサにもメルレインにも、怪物どもがむらがっておそいかかる。諸将はそれぞれ武器をとって応戦した。

ファランギースの細身の刃は、鞭のごとくしなって、有翼猿鬼の右眼をつらぬき、電光の迅速さで引きぬかれると、今度は左眼を突きとおした。

あまりの迅速さに、有翼猿鬼が感じた苦痛は一度だけであった。悲鳴も一度だけ。だが、なみの悲鳴に較べて、二倍の音量があった。

VI

「歩兵たち、無理に闘わず、車の下に隠れろ！　さいわいなことに、やつら、財宝には興味がない」

キシュワードの指示で、歩兵たちはあわただしく牛車の下へすべりこんだ。だが、とうてい全員は隠れきれない。さらにキシュワードが命じ、二名がひと組になって、ひとりが剣をかまえ、ひとりが盾を持って、空中からの攻撃に対抗した。

すでに血が飛散し、刃鳴りと叫喚（きょうかん）が入り乱れつつある。キシュワード、ファランギース、メルレイン、ギーヴの四名は、合計五本の剣を縦横（じゅうおう）にきらめかせて、容赦なく異形（いぎょう）の敵を撃ち倒した。

左腕のない有翼猿鬼（アフラ・ヴィラーダ）の一匹が、倒れた兵の手から剣を奪い、ひそかにファランギースの背後に忍び寄る。

片腕の有翼猿鬼（アフラ・ヴィラーダ）が、まさに剣を投げつけようとした瞬間、ファランギースが振り向いた。有翼猿鬼（アフラ・ヴィラーダ）は凍（い）てついた。ファランギースの美しい瞳には、雷火がきらめいている。敵の正体をさとっているのだ。

「そなた、ナーマルドじゃな」

「………」

ナーマルドが答えぬ間に、女神官（カーヒーナ）の左側から、別の一匹が喚（わめ）きかかったが、身をひるがえしての一撃に脳天をくだかれて横転した。

「ザラーヴァント卿をだまし討ちにしたからには、報いを受けてもらうぞ。往古のわが身分を憶えているなら、せめて最期をいさぎよくせよ」

ナーマルドは、おぞましい叫び声をあげた。

翼をはばたかせて舞いあがる。空中で剣を振りまわし、ファランギースの頭上をぐるぐる旋回しはじめた。ファランギースの剣がとどかない位置から攻撃するつもりなのだ。

ファランギースは、右の腰にさげていた短剣を、ナーマルドめがけて激しい勢いで投げつけた。あわててナーマルドがかわす。ファランギースは馬上で身をかがめてから反動をつけて跳びあがり、ナーマルドの左の翼に剣尖をたたきつけた。

安物の帆布を切り裂くような音。ナーマルドの左の翼は、みごとに両断され、半分になった翼は宙に舞った。

もともとナーマルドには左腕がない。さらに左の翼を半分にされ、身体の均衡を保つことが不可能になった。右腕を振りまわし、右の翼を激しくばたつかせながら、地上にたたきつけられる。

飛散する毒血をよけながら、ファランギースは駆け寄ってとどめを刺そうとしたが、急に馬をとめた。無言で前方の光景を見つめ、溜息をついて馬首を返す。

ナーマルドの絶叫が高く低くひびきわたり、不意にとだえた。口もとを赤く染めた有翼猿鬼(アフラ・ヴィラーダ)が三匹ほど起きあがり、食いちぎった仲間の肉をのみこむ。

　かつてパルス屈指の名門の御曹子(おんぞうし)であったナーマルドは、人間ではなくなり、従兄弟(いとこ)のザラーヴァントを殺害した末に、自分自身も仲間の共食い(ともぐい)の餌食(えじき)となって、地上から姿を消したのであった。

　その間にも戦闘はおさまるどころか、ますます激しくなり、屍体は累々(るいるい)とかさなりあい、毒血の悪臭が一面にたちこめる。

「際限(きり)がないな」

　ギーヴが舌打ちする。

「こやつら、そもそも何が目的で襲ってくる？　殺すため、死ぬためとしか思えんぞ」

「敵でも味方でも、血が流れればそれでよいのであろう」

　ファランギースの声に乱れはないが、呼吸をととのえているようすだ。

「蛇王ザッハークを完全に復活させるために？」

「それ以外になかろう」

「迷惑な話だ」

　ギーヴの剣が水平に奔(はし)って、一匹の首を飛ばす。同時に、噴出する毒血を避けて馬ごと跳びのく。後者の動きを必要とするため、パルスの諸将は、つねの闘いに較(くら)べて、五割ましの体力を必要とした。ひと休みしたいところだが、怪物どもは、かぎりなく押し寄せて、人間どもを血なまぐさい波にのみこもうとする。

　ジムサはまだ直刀（ちょくとう）を抜いていない。

　三十六本の吹矢で、三十六匹の有翼猿鬼（アフラ・ヴィラーダ）が地上に墜（お）ちた。ただ一本のはずれもない。芸香（ヘンルーダ）にひたした吹矢で急所を射ぬかれては、生きていられるものではなかった。

　ジムサは、地上に散乱した三十六個の屍体を冷然と見おろした。さらに獲物を求めて左右を見まわすと、にわかに影がさした。正面、わずか四、五歩の距離に、おどろくほど巨大な有翼猿鬼（アフラ・ヴィラーダ）が立ちはだかっている。上半身が紅（あか）く染まっているのは、すでに何人ものパルス兵を爪牙（そうが）にかけたからであろう。

「巨大だな。きさまがこいつらの主領か？」

　その有翼猿鬼（アフラ・ヴィラーダ）の身体の大きさは、なみはずれていた。これまでの生涯で、ジムサがひとつの獲物に二本の吹矢を使ったのはただ一度、絹（セリカ）の国との国境に近い山岳で虎をしとめたときだけである。

　牛車の下から兵士が叫んだ。

「ジムサ将軍、そいつです！　そいつが、グラーゼ船長を殺そうとしたんです」

「何？　まちがいないか」

「まちがいありません。そんな巨大な有翼猿鬼(アフラ・ヴィラーダ)は、他に見たことがありませんから」

「ほう、そうか」

ジムサは、かるく目を細めて、巨大な敵を見なおした。

「それほど気に入ったやつでもなかったが、味方は味方だ。そうと聴(き)けば、仇(かたき)を討たぬわけにはいかんな」

応(こた)えは腕力の暴風だった。身を沈めたジムサの頭上を、太い腕と鋭い鉤爪(かぎづめ)が高速で通過し、傍(そば)にあるアカシアの幹を痛撃した。アカシアは土をはねあげ、根こそぎ転倒する。ジムサの頭部を直撃していれば、頭部全体が吹きとばされていたであろう。

うめき声は怪物の口からほとばしった。ジムサのふるった鉄製の吹矢筒が、怪物の左ひざをなぎ、骨を砕いていたのである。ただ、その代価として、ジムサの吹矢筒は、まっぷたつに折れていた。

はじめてジムサは直刀を抜きはなった。

ジムサの左右で、彼を包囲しようとしていた有翼猿鬼(アフラ・ヴィラーダ)が、苦悶に身をよじらせて転倒した。胸に矢が突きたっている。矢の音、馬蹄(ばてい)のとどろきに、聞き慣れた声がつづいた。

「みんな、無事か!?」

「おう、ダリューン!」

キシュワードが歓迎の声をあげる。人馬一体となった黒影が躍り寄ってきた。

「よく来てくれた。だが、陛下のご身辺は?」

「エラムとイスファーンがついている」

「そうか、じつは……」

「話は後だ。蛇王の眷属どもをかたづけるぞ」

ダリューンは、あらたに弓に矢をつがえた。ひさびさに弓術の技倆をしめそうというのだ。

満月のごとく弓を引きしぼり、たてつづけに射放すこと三度。三匹の怪物が胴を射ぬかれてころがる。満足すると、弓を槍に持ちかえ、黒馬を駆って血塵のただなかに躍りこんだ。これこそダリューンの本領である。三十騎ほどの兵が彼につづいた。

ダリューンが馬上で長槍を右にふるい、左に突くたびに、有翼猿鬼どもの身体は、毒血を振りまきながら宙を飛び、地にたたきつけられ、黒馬の蹄に踏みつぶされる。パルスの兵士たちは歓声をあげ、気力をふるって兇悪な敵に立ち向かった。

ジムサが馬をあおり、巨大な怪物に突進する。敵のふるう爪をかわしてジムサが突きあげた直刀は、有翼猿鬼の下顎をつらぬき、口腔内を貫通して上顎にまで達した。

怪物は、聞くに耐えない苦鳴をとどろかせ、同時に口腔の上下から血を噴き出した。むろん毒血である。それを承知していたジムサは、直刀を引きぬいて跳びのこうとした。だが怪物は、顔だけではなく、上半身全体を大きく振って、ジムサの身体をはね飛ばしたのである。ジムサは馬上から五ガズも飛んで、大地にたたきつけられた。反射的な受け身と、やわらかな草とが、被害をへらしたが、それでも一瞬、息がとまった。

怪物はみずからの手で直刀をつかむと、醜悪な顔をさらにゆがめ、あらたな苦痛に耐えるようすで、一気に引き抜いた。口と下顎から毒血が噴きこぼれ、足もとの草から、悪臭と煙が立ちのぼる。

ザッハークの眷属にとって、芸香(ヘンルーダ)は毒である。その毒が全身にまわる前に、怪物はジムサを殺し、みずからの仇を討とうとしていた。

「なるほど、図体(ずうたい)が大きいだけではないようだな」

ジムサは身がまえたが、直刀を奪われ、吹矢筒を折られて、手にあるのは吹矢筒の半分だけである。

鋭い羽音とともに、怪物の背中と頸(くび)に三本の矢が突き立った。パルスの三大達人が、事実上白手(すで)になったジムサを援護したのだ。だが、この怪物は他者と桁(けた)がちがった。わずかにゆらいだだけで、猛然とジムサにつめより、大きく開いた口から毒血を吐きかける。とっさにジムサは腕を交差させて顔をふせいだが、その腕と、かばいきれなかった胸や額から煙が立ちのぼった。

激痛が走る。ジムサは焼けただれた手に吹矢筒の半分をにぎり、躍りあがって怪物の口にそれを突っこんだ。怪物がジムサを抱きすくめる。剛力に、ジムサの背骨がみしりと音をたてた。

かまわずジムサは折れた吹矢筒の、ぎざぎざになった部分で、怪物の上顎の傷口を突きぬいた。それは怪物の脳に達した。ジムサは吹矢筒をさらに押しこみ、容赦なくかきまわす。怪物は脳に致命傷を受け、ジムサを放して、声もなく、地をとどろかせて横転した。

「ジムサ将軍！」

キシュワードらが駆けつけたが、放り出されたジムサはすでに立てなかった。上半身いたるところから煙があがっている。かすかにつぶやく声が聞こえた。

わが心　草原にあり
わが心　異国(ここ)にあらず……

トゥラーン語であったので、キシュワードたちには意味がわからなかったが、痛切なひびきは肌で感じとった。ジムサは口から血の塊(かたまり)を吐き出した。背中は怪物の爪で引き裂かれ、背骨にはひびがはいり、内臓は圧迫されて一部は破裂している。

「……馬に騎れなくなったとき、トゥラーン人は死ぬ」

ジムサは笑おうとしたが、失敗してふたたび血を吐いた。ダリューンが注意深くジムサの上半身を起こして告げた。

「ジムサ卿、おぬしが大将を殺したので、怪物どもはみな逃げ去ったぞ」

「そうか、すこしは陛下に借りを返せたかな」

消え去りつつある生命の灯が最後に点った。

「そうだ……おれが……陛下にいただいたものは、すべて、こまかいのに……」

「わかった。だが、王都へもどって医者に診せれば……」

キシュワードがさらに呼びかけようとしたが、ジムサは疲れたように両眼を閉ざし、両断されて怪物の毒血にまみれた吹矢筒を手にしたまま、最後の呼吸をとめた。

ダリューンが静かにジムサの遺体を草の上に横たえ、諸将が周囲に立って黙礼した。

「わたしの聞きおよぶところでは、トゥラーンの習俗として、墓碑は建てぬ」

ファランギースが重々しく一同に告げた。

「詩と音楽をもって葬り、その者が生前もっとも好んだ場所に埋めて大地に帰すのじゃ」

「残念だが、ここは草原ではない」

「王都へ運び、せめて遠くが見わたせる場所に埋めてやろう」

メルレインがいうと、無言でギーヴが琵琶をとり出した。歌は唄わず、ただ琵琶の音だけが、ときに強く烈しく、ときに静かに安らかに死者を弔う。

ダリューンは、左側にたたずむキシュワードの沈痛なつぶやきを聞いた。

「ふたりも死なせてしまった。ふたりも……」

VII

大将軍キシュワード一行の帰還は、吉凶両面で王都を揺るがせた。

吉のほうは、彼らが持ち帰ったギランの莫大な財宝である。王都の再建、被災者の救恤、それに今後の軍資金として、王国会計総監のパティアスが喜びの舞いをしたくなるほどの莫大な金銀が、国庫を満たすことになった。

凶のほうは、むろん、グラーゼとジムサの訃報である。トゥースにつぐ軍事面での巨大な損失であった。

「グラーゼを喪ったのは痛恨のきわみだが……」

アルスラーンは暗然としてつぶやいた。

「じつはジムサには一生つかえてもらうつもりはなかった。機会を見て、故郷へ帰し、トゥラーンを友好国として再建してもらおうと思っていた。だめになってしまったな」

「私めの責任でございます。敵の出没を甘く見ておりました。陛下にはお詫びの言葉もございません」

アルスラーンはだまってキシュワードの肩に手をおくと、彼とともに騎乗し、エラムをともなって、キシュワードの邸宅をおとずれた。夫人にあい、住んでいる少女を呼んでくれるようたのむ。

「こまかいの」

そう呼んだのが、ジムサではなかったので、少女は不思議そうに対手を見つめた。パルス国王アルスラーンは、床に膝をついて、少女と視線の位置をあわせた。すこしためらってから、口調をととのえて告げる。

「とても残念だが、君をかわいがってくれたジムサ将軍は、もういない」

「……………」

「亡くなったのだよ」

少女は不審そうに若い国王を見やった。最初、意味がわからないようだった。やがて、アルスラーンを見つめる瞳に、理解と混乱のいりまじった色が浮かんだ。

こまかいのは服のポケットに小さな手を突っこんだ。とり出したのは油紙の包みだ。それを開くと、形がくずれかかった菓子があらわれた。はじめて少女が口を開いた。

「これ、ジムサがくれた」

「食べなかったのかい?」

「つぎに、ジムサとあったとき、いっしょに食べるの」

つぎにジムサとあうとき。もはや、それはありえないことだ。こんなつつましい素朴な希みさえ、神々はかなえてくれぬのだろうか。

こまかいのの瞳から、透明な流れが頰をつたい落ちた。少女は、若い国王に背を向けると、傍にたたずんでいたキシュワード夫人ナスリーンに抱きついた。アルスラーンは立ちあがって頭をさげた。

「キシュワード夫人、この子をお願いします」

「おおせのごとく。わが子と思って育てます。アイヤールはもう、この子のことを姉と信じております」

そのアイヤールは、危なっかしく小さな足を運んで、こまかいのの脚にしがみついたが、「姉」が肩を慄わせているのに気がつくと、自分も泣き出した。「弟」のほうは、「元気よく」といいたいほどの盛大な泣声であった。

アルスラーンたち三人が王宮にもどり、円座の間にはいると、ダリューンの他に、あらたな客がひとり待ちかまえていた。挨拶をかわすと、その客ナルサスは国王に合図して、廊下に出た。前置きもなく伝える。

「大将軍キシュワードに罰をお与えください」

「ナルサス!?」

「陛下もご存じのように、キシュワード卿は、矜り高く責任感の強い武人でございます。目の前でふたりの将軍をうしない、それを咎められぬとあっては、彼は恥じて、みずからを罰するでございましょう」

「………」

「つぎの重要な戦いにおいて、キシュワード卿は自殺にひとしい戦死をとげましょう。それを防ぐには、陛下が罰をあたえなくてはなりません」

アルスラーンは翳りのある表情で、円座の間にもどった。

「キシュワード卿、おぬしの大将軍の任を解く」

「御意のままに……」

「別命あるまで、自宅において待機するように」

アルスラーンの声は苦しげだったが、キシュワードは予想も覚悟もしていたようだ。礼節をたもって一礼すると、沈毅（ちんき）さをくずすことなく退出していった。

彼が去った後、アルスラーンが声を出すまでに幾何（いくばく）かの時間があった。

「ダリューン」

「はい、陛下」

「キシュワードには気の毒なことをした。だが、とうとうこの刻（とき）が来た」

アルスラーンは声をおちつけて断言した。

「おぬしが大将軍（エーラーン）になるべき刻だ」

ダリューンは息をのんだ。アルスラーンは真摯（しんし）に言葉をつづけた。

「ヴァフリーズ老のあとをついでくれ」

「お、おそれながら陛下、まだクバード卿が残っておられましょう」

「クバードは、いやだといっている。彼の意思を尊重せざるをえない」

「それはクバードどのが勝手な。だいたい、あの御仁（ごじん）は……」

「ダリューン」

「は、はい」

「私の指名を受けてはくれないのか」

晴れわたった夜空の色の瞳を向けられて、ダリューンは狼狽（ろうばい）した。思わず横を見ると、ナルサスがたたずんでいる。その表情を、ダリューンは読みとることができなかった。

「陛下……」

「ザラーヴァントにはじまって、トゥース、グラーゼ、そしてジムサまで喪ってしまった。だが、まだダリューンがいてくれる。大将軍として、パルスを守護してくれるだろう。その思いが、いまの私をささえている」

アルスラーンの声がダリューンの心にひびきわたった。

「私はずっとダリューンに守られ、甘えきってきた。いまも甘えようとしている。腑甲斐ない主君だ」

「な、何をおおせられますか」

ダリューンは、十万の敵軍を前にしたときよりもあせったが、心をさだめた。アルスラーンが国王の重責に耐えている以上、ダリューンが大将軍位をいやがるのは卑怯であろう。

「不肖ながら、ダリューン、ありがたきおおせをたまわり、大将軍を務めさせていただきます。泉下の伯父ヴァフリーズには、未熟者が身のほど知らずに、と叱られましょうが」

ひざまずいてダリューンが応えると、アルスラーンは瞳をかがやかせ、ダリューンの手をとって立たせた。

「ありがとう、ダリューン、ありがとう」

アルスラーンが踵を返していったん円座の間を去ると、はじめてナルサスが口を開いた。

「そうかそうか、ついに大将軍になったか。これからは閣下と呼ばせてもらうとするかな」

愉快そうに笑うナルサスを、ダリューンはじろりと見やった。

「つぎは、おぬしが宰相になる番だぞ。祝宴の用意をしておくからな」

「やめろやめろ、浪費のかぎりだ」

「それに、大将軍として、今後の各国の軍事行動についても聴いておきたい」

「敵が人間の集団なら、どうにでもできる。心配するな」

ナルサスは、絨毯の上にあぐらをかき、親友にもそうするようすすめると、ふたり分の茶を陶製の茶碗にそそいだ。

「チュルクはペシャワールをねらって、石ころひとつ手に入れることができず、三万の精鋭をうしなった。ましてデマヴァント山や大陸公路が、あのありさまでは、どうにも動けまい。ただ、ジムサが生前に語ったとかいう、北方からの来襲の可能性、これは炯眼だな」

ナルサスの声に感銘がふくまれている。ダリューンは本来の闊達さで応えた。

「万が一にも、パルス全土が蛇王の手中に落ちたときには、おれは陛下を擁したてまつって、マルヤムへ攻めこむ。兵は三万もいれば充分。名目は、マルヤムを侵掠したまますわっているルシタニア軍を討滅し、マルヤムを解放すること。その際には、うっとうしいギスカールめの首も、頂戴してやるさ。どうだ？」

「そいつは豪儀だ。おれにもてつだわせろ」

「そうだな、日ごろの言動しだいだ」

苦笑しかけて、ナルサスの表情が変わった。

「ただ、ひとつ気になることがある」

「何だ？」

「イルテリシュのことだ」

「トゥラーンの狂戦士か？」

ダリューンがわずかに声をひそめて確認すると、ナルサスは苦々しげにうなずいた。

「ペシャワールの放棄以来、あの男は我らの前にいっかな姿を見せぬ。どこで何をしておるのか、正直なところ不気味でならんのだ」

「………」

「ああ、ダリューン、ひとつ、いい忘れるところだった」

「何だ？」

「おぬしはクバード卿に対して、むかっ腹を立てているようだが、あの男は、エクバターナ城司の重任を引き受けたぞ。二代つづけての殉職で、縁起の悪い役職だがな」

ダリューンはまばたきし、たくましい肩をすくめると、熱い茶を一気に飲みほした。


チュルク国の国都ヘラート。階段宮殿の最上層で、トゥラーン人イルテリシュは、魔道士グルガーンと相対している。服装が乱れているのは、いましがたまで隣室で数人の女と大量の酒におぼれていたからだ。レイラはふくまれていない。イルテリシュは豊満な女性が好みだった。

「極上の酒を献上すると申すのか」

「さよう、ぜひおためしください」

いざ相対すると、グルガーンは表面上、ガズダハムよりずっと言動が鄭重だった。

「杏の酒は好かんぞ。あれは甘ったるい」

「馬乳酒でございます」

「何？　真実（まこと）であろうな」

「トゥラーンの故地（こち）で、細々（ほそぼそ）と家族だけで暮らしている酒職人につくらせました。もし、お気に召しましたら、私めとその酒職人に、ほうびをくださいませ」

「おう、いくらでもくれてやる。だが、まず酒だ。気に入らなんだら、どうなるかわかっておろうな」

「かならずやお気に召すことと……」

「よし、よこせ」

　完全に信じたわけではなかったが、馬乳酒と聞けば、手を出さずにはいられない。偽りであったら、斬ってすてるだけのことだ。

　イルテリシュは、夜光杯（グラス）に残っていた酒を床にぶちまけた。空（から）になったそれを、魔道士に向かって突き出す。

　グルガーンはもったいぶった手つきで瓶をささげ持ち、ゆっくりと蓋（ふた）を開いた。イルテリシュの酔眼（すいがん）を、媚（こ）びるように見やりながら、すこしずつ夜光杯にそそぎはじめる。

「けちけちするな、小人（しょうじん）め」

　いきなりイルテリシュはもう一方の手を伸ばし、グルガーンの手から瓶をひったくると、薄白くにごった酒を、一気に、夜光杯にすべてそそぎこんだのであった。

解説

三村美衣（みむらみい）
（異境中毒書評家）

ファンタジーを読む楽しみは、旅に通じる。

空の広がりや乾いた風、慣れない匂い、奇妙な言葉や不思議な祈り。

珍しい風物に驚き、地層のように積み重ねられた文化を畏（おそ）れ、営みの底に流れる生命や自然とのつながりに懐かしさや安らぎを覚える。

幼い頃から『グリム童話』や『アラビアン・ナイト』を読み聞かされ、幼稚園で綺麗な挿絵の『聖書物語』をもらい、自分で読めるようになると子供向けの児童文学全集で『ギリシア神話』や『北欧神話』、『オデュッセイア』『ジークフリート』『アーサー王物語』といった神話や英雄譚を読み続けた。見たことのない場所に憧れ、いつか行こうと思っていた。まだコンピューターゲームなんてない時代だったからいいが、もし二十年後に生まれていたら、頭のなかには常にファンファーレが鳴り響き、旅に出る日に備えて家中の引き出しを開け続けていただろう。

外国に足を運べば異文化に触れ、百聞は一見にしかず的な衝撃を受けることもあるのだろうが、言語の壁は高いし、自由に行けるわけもない。本当に行きたい場所は地図の上にはないし、遺跡や寺院や街角で此岸と彼岸を行きつ戻りつ夢想していたら、たぶんいろいろな意味で危ない。

ファンタジーによって掻き立てられた異境への憧れは、再びその場所に還るために次の本を求める。

『アルスラーン戦記』は一九八六年に、角川文庫の新刊フェア企画である〝ファンタジーフェア〟の一冊として刊行された。

九〇年代以降の読者には想像がつかないかもしれないが、この八六年当時、ファンタジーは広く一般に認知されたジャンルではなかった。七〇年代末にハヤカワ文庫FTが創刊、栗本薫『グイン・サーガ』も刊行され、それまでSFや児童文学の範疇で翻訳・執筆されていたファンタジーが、ようやく独立したジャンルになろうかとしていた。一九八四年にテキストアドベンチャーゲームの金字塔『火吹き山の魔法使い』が刊行されてベストセラーとなり、一九八五年にミヒャエル・エンデの『はてしない物語』を原作とする映画『ネバーエンディング・ストーリー』も公開された。ファンタジーを受け入れる素地は既に充分作られたところで〝ファンタジーフェア〟が開催され、それと相前後してファミリーコンピューターのRPG『ドラゴンクエスト』が発売される。『ドラゴンクエスト』が社会現象となるのは三作目からだし、この〝ファンタジーフェア〟のラインナップにも、『アルスラーン戦記』を除くとファンタジーに分類できる作品はほとんどない。しかし『アルスラーン戦記』から始まるこの流れは、水野良『ロードス島戦記』の誕生を経て、九〇年代のファンタジー大ブームへとつながり、無数の異世界が生み出される時代がやってくる。

『アルスラーン戦記』のパルス王国は、どの地図にも実在したことのない国名だが、地勢的にはペルシアをモデルとしている。序盤は特に魔法の類を廃して描かれているが、土着的な恐怖や怪異は日常から国家の運営にまで絡み、分離することができない。ナルサスが合理的に物事を解き明かそうとし、ファランギースは見えないものたちの声を聞き、信心は世の理を曲げて人の運命を狂わせる。スーパーナチュラルな要素と合理主義が同居し、せめぎ合う世界の面白さは格別だし、さらにそこに為政者とは何か、何をなすべきか、という思想が加わる。T・H・ホワイト『永遠の王』や、辻邦生『背教者ユリアヌス』あたりを併読すると頭の中の異境地図が大きくなってさらに楽しい。

さて、前置きが長くなったが本書の話に入ろう。

前巻『蛇王再臨』で、アルスラーンは十六人の盟友を将軍に任命。ダリューン、ナルサスをはじめとする十六将は改めてアルスラーンへの忠誠を誓い、ここに後の世に語り継がれる「解放王アルスラーンの十六翼将」が正式に誕生した。ところがザラーヴァントが命を落とし、誕生から僅か二十日にして、十六翼将はその一人を欠いてしまった。

さらに蛇王ザッハークの再臨が宣言され、物語は近隣の国家との覇権争いから、暗黒時代の到来を阻止するための人外との決戦へと向かって、一気に動き始める。

と思ったら、実際にはなかなか動かなかった。

この文庫版の八ヶ月でも長いと思っているでしょうが、親本のカッパ・ノベルス版では、なんと六年ですよ。ここまでの道筋もいい加減長かったが、絶叫マシーンに喩えるなら、コースターが軌道の頂点に昇り、地面を見せておいて、そこで止まったような状態での六年だ。

二〇一二年に文庫版の刊行が開始すると同時に、「今度こそ本当に」完結するらしいという話が伝わってきたが、ここまでで既に四半世紀もの間アルスラーンを見守り続けていた読者同様に半信半疑だった。十三巻目が出てもまだ信じていなかったのだが、実はこの巻が出た少し後に田中芳樹さんとお会いする機会があった。

道原かつみ版のコミックス『銀河英雄伝説』の最終巻に収録された田中芳樹×道原かつみ対談に同席させて頂いたのだ。その対談の中で、道原かつみさんが、マンガは毎日続けて描いていないと、思うように描けなくなると嘆いたのに対し、田中芳樹さんは「断続は力なりですよ」と、しれっと答えたのだ。ちょうど『タイタニア』の最終巻を上梓した直後で、その体験を踏まえての発言だった。聞いた瞬間の内心の叫びは汲み取っていただくとして、この時、「本当に、本当に『アルスラーン』も終わってしまうのだな」と思ったことを覚えている。

というわけで、絶叫マシーンはここから下界に向かって疾走する。

普段は推しキャラに著者の目が向くとわくわくするものだが、田中芳樹作品の終盤においては、とてつもない緊張と恐怖を呼ぶ。先に紹介した対談の中で、田中さんは「ヤンが死ぬシーンには苦労しました。三〇枚書いても死なない。これではいけないと思って、最後は三ページで殺すと決めて書き直しました」と、おっとりと優しい口調でちょっと楽しそうに語っていた。

ダリューン、ナルサス、エラム、ファランギース、ギーヴ、アルフリード、キシュワード、ジャスワント、ザラーヴァント、イスファーン、トゥース、グラーゼ、メルレイン、ジムサ、クバード、パラフーダ。
そしてアルスラーン。
パルス王国の解放王と十六翼将——それは、読むものを異境へと導く魔法の響き。
残り二冊を存分にご堪能ください。

●二〇一四年五月　カッパ・ノベルス刊

光文社文庫

天鳴地動　アルスラーン戦記⑭
著者　田中芳樹

2018年7月20日　初版1刷発行

発行者　鈴木広和
印刷　萩原印刷
製本　ナショナル製本

発行所　株式会社　光文社
〒112-8011　東京都文京区音羽1-16-6
電話（03）5395-8149　編集部
8116　書籍販売部
8125　業務部

ISBN978-4-334-77684-8　Printed in Japan

組版　萩原印刷

ストーミー・ガール　田中啓文
王都炎上　田中芳樹
王子二人　田中芳樹
落日悲歌　田中芳樹
汗血公路　田中芳樹
征馬孤影　田中芳樹
風塵乱舞　田中芳樹
王都奪還　田中芳樹
仮面兵団　田中芳樹
旌旗流転　田中芳樹
妖雲群行　田中芳樹
魔軍襲来　田中芳樹
暗黒神殿　田中芳樹
蛇王再臨　田中芳樹
女王陛下のえんま帳　田中芳樹／垣野内成美／らいとすたっふ編
ボルケイノ・ホテル　谷村志穂
ショートショート・マルシェ　田丸雅智

花筐　檀一雄
優しい死神の飼い方　知念実希人
屋上のテロリスト　知念実希人
黒猫の小夜曲　知念実希人
シュウカツ［就職活動］　千葉誠治
娘に語る祖国　つかこうへい
ifの迷宮　柄刀一
翼のある依頼人　柄刀一
猫の時間　柄刀一
槐　月村了衛
青空のルーレット　辻内智貴
セイジ　辻内智貴
いつか、一緒にパリに行こう　辻仁成
マダムと奥様　辻仁成
にぎやかな落葉たち　辻真先
サクラ咲く　辻村深月
探偵は眠らない　新装版　都筑道夫

光文社文庫　好評既刊

父娘の絆　新津きよみ
彼女の時効　新津きよみ
彼女たちの事情　新津きよみ
しずく　西加奈子
さよならは明日の約束　西澤保彦
伊豆七島殺人事件　西村京太郎
四国連絡特急殺人事件　西村京太郎
富士・箱根殺人ルート　西村京太郎
新・寝台特急殺人事件　西村京太郎
寝台特急「ゆうづる」の女　西村京太郎
東北新幹線「はやて」殺人事件　西村京太郎
特急ゆふいんの森殺人事件　西村京太郎
十津川警部「オキナワ」　西村京太郎
青い国から来た殺人者　西村京太郎
十津川警部「友への挽歌」　西村京太郎
諏訪・安曇野殺人ルート　西村京太郎
寝台特急殺人事件　西村京太郎

終着駅殺人事件　西村京太郎
夜間飛行殺人事件　西村京太郎
夜行列車殺人事件　西村京太郎
北帰行殺人事件　西村京太郎
日本一周「旅号」殺人事件　西村京太郎
東北新幹線殺人事件　西村京太郎
京都感情旅行殺人事件　西村京太郎
北リアス線の天使　西村京太郎
東京駅殺人事件　西村京太郎
上野駅殺人事件　西村京太郎
函館駅殺人事件　西村京太郎
西鹿児島駅殺人事件　西村京太郎
上野駅13番線ホーム　西村京太郎
長崎駅殺人事件　西村京太郎
仙台駅殺人事件　西村京太郎
東京・山形殺人ルート　西村京太郎
上越新幹線殺人事件　西村京太郎